KB127811

현대 마도학자

네르가시아 장편 소설

FUSION FANTASTIC STORY

THE MODERN
MAGICAL
SCHOLAR

현대 마도학자 12

네르가시아 장편 소설

초판 1쇄 찍은 날 § 2015년 8월 6일
초판 1쇄 펴낸 날 § 2015년 8월 12일

지은이 § 네르가시아
펴낸이 § 서경석

편집책임 § 박은정

펴낸곳 § 도서출판 청어람
등록번호 § 제387-1999-000006호
등록일자 § 1999. 5. 31
어람번호 § 제1-2195호

주소 § 경기도 부천시 원미구 부일로 483번길 40 서경B/D 3F (우) 420-822
전화 § 032-656-4452 팩스 § 032-656-4453
http://www.chungeoram.com
E-mail § chungeorambook@daum.net

ISBN 979-11-04-90356-4 04810
ISBN 979-11-316-9243-1 (세트)

현대 마도학자

네르가시아 장편 소설

FUSION FANTASTIC STORY

THE MODERN
MAGICAL
SCHOLAR

12

현대 마도학자

THE MODERN
MAGICAL
SCHOLAR

CONTENTS

제1장 마른하늘에 날벼락   7

제2장 생존자들   35

제3장 익숙한 그림자   63

제4장 이기심   93

제5장 도망자   121

제6장 생존   149

제7장 세계대전 A   179

제8장 치부(恥部)   207

제9장 사생결단   235

외전 Part 1   273

1장

마른하늘에 날벼락

  3차 세계대전은 한국군에게 무려 1,500배라는 엄청난 크기의 영토를 가져다주었다.

  그와 동시에 그곳에 거주하고 있던 난민과 원주민들까지 모두 수용하여 9억 9천만이라는 인구까지 끌어안게 되었다.

  경제 규모 순위 역시 13위, 14위에 불과하던 것이 단숨에 1위로 껑충 뛰어올랐다.

  군사력은 총 350만 규모로 150의 어마어마한 해군력을 가진 세계 최강의 군대로 도약했다.

  한국이 경제와 더불어 역대 최상의 군사를 보유할 수 있던 것은 다름 아닌 모병제 덕분이었다.

원래 한국은 징집제로 80만 정도의 병력을 보유하고 있었는데, 이것은 만 19세 이상의 모든 남자를 징집하여 2년 동안 현역 생활을 시켰을 때의 규모이다.

하지만 인구가 늘어나고 군에서 나오는 여러 가지 혜택이 오히려 공무원보다 좋아지면서 군대로 지원자가 많이 몰렸다.

이제 군대는 시험을 치러야 들어갈 수 있는 특수한 집단이 되었고, 그에 대한 자부심 또한 대단해졌다.

1년 이상의 강도 높은 기본 훈련을 받아야 하며, 주특기에 대해 전문가 이상이 되어야 복무할 수 있었다.

그리고 부사관 역시 상당한 고등 전문 기술을 2년 이상 숙달하고 병사로서의 복무 기간을 마쳐야 임관할 수 있었다.

또한 장교 이상의 군인들은 반드시 1년 이상의 보통 병과 훈련과 함께 부사관 복무를 거쳐야 했으며, 군사대학교에서 4년 동안 전술훈련과 군사과학을 전공해야 했다.

이렇게 군대는 조금 더 세분화되고 전문화되었으며, 병사가 되기 위한 국립학교가 생길 정도였다.

이제 고등학생들은 애초에 군인이 되기 위해 엄청난 노력을 해야 하며, 병사가 되기 위해서도 국립군사학교를 들어가야 했다.

이전에 한국군이 사관학교를 운영하여 영재들을 뽑아 올린 것과는 조금 상반되는 현상이었다.

이른 아침, 화수가 국립군사학교 제4회 입교생들을 환영하는 축사를 진행했다.

그는 단상에 올라 자신이 이끄는 국방에 대해 연설했다.

"우리는 자주국방으로 세계 최고가 되었습니다. 물론 단일 국가이던 정통성은 없어졌습니다만, 그 대신 홍익인간의 뜻을 이뤘습니다."

이제 한국의 모든 영토에서 조선왕조 등의 국사를 가르친다.

이곳에 모인 각 지역의 학생들은 이미 필수 항목인 국사를 모두 배운 상태이다.

아마도 화수가 한반도 역사에 대해 그 어떤 것을 물어도 막힘없이 대답할 수 있을 것이다.

"이제 우리는 하나입니다. 고난의 역사, 우리는 그것을 잊어선 안 됩니다. 망전필위의 정신을 가슴속 깊이 새기고 군 생활에 임하기를 바랍니다. 이상."

이곳에 입교한 이상 이들은 이제 죽을 때까지 군인으로서 살아가야 할 것이다.

그래서인지 이들의 얼굴에는 결연한 의지와 함께 군기가

바짝 들어가 있었다.

"차렷!"

촤락!

"국방부장관님께 대하여 경례!"

"충성!"

눈동자와 머리색은 달라도 모든 장병의 경례 구호는 같았다.

연설을 마치고 내려온 화수에게 국립군사학교장 장성식 중장이 다가와 경례를 올렸다.

"충성! 연설 감사했습니다."

"별말씀을요."

장성식은 연설을 마친 화수에게 대뜸 서류 한 장을 내밀었다.

"이게 뭡니까?"

"오늘 백악관에서 온 서신입니다."

"이걸 왜 지금……."

"외람된 말씀입니다만, 방금 전 군사학교장실로 날아온 겁니다. 5분 전에 청와대로 날아온 것을 그대로 전달한 거랍니다."

화수는 서신을 펼쳐 그 내용을 확인해 보았다.

긴급 사항입니다. 한국군의 시급한 상륙을 요청하는 바입니다.

그는 고개를 갸웃거렸다.

"이게 무슨 말입니까?"

"저희도 그 진의를 알 수 없어 난감해하는 중입니다."

지금 한국군은 아메리카 대륙에는 군대를 거의 파견하지 않았다.

대부분의 병력을 분쟁 지역이던 유럽과 아시아에 집중시키고 있기 때문에 오세아니아와 아메리카 대륙에는 병력이 거의 없었다.

그나마 오세아니아 근방에 6함대의 병력 5만이 상주하고 있을 뿐이다.

이것은 아메리카 연합의 군사력이 상당히 고강하기 때문에 굳이 한국군은 이곳을 점령하여 전쟁을 억제할 필요가 없었다.

때문에 지금 아메리카 지역에선 한국인을 찾아볼 수가 없었다.

"으음, 이유가 뭘까……."

"일단 함대를 보내시는 편이 좋지 않겠습니까?"

화수의 곁에 선 부관들이 그에게 빠른 파병을 종용했다.

하지만 화수는 이것이 그렇게 간단한 문제가 아니라고 생각했다.

"이유가 뭔지 궁금하군요."

"하지만 그것을 자세히 확인하기에는 블라디보스토크에서 평양까지의 거리가 너무 멉니다."

블라디보스토크와 하얼빈에 걸쳐진 군사훈련 지역에서 평양까지는 적어도 1~2시간은 족히 걸린다.

초음속 비행기를 타고 간다면 모를까, 일반 수송기로는 꽤나 거리가 된다는 소리다.

"으음, 그래요. 그럼 이곳에서 업무를 보도록 합시다."

"예, 알겠습니다."

이곳 역시 전시의 군사시설을 모두 갖추고 있다. 아마 화수가 집무를 본다고 해도 큰 지장은 없을 것이다.

*   *   *

국립군사학교 전산실에서 미군 함대와 연락을 취하는 데 성공한 화수는 아주 기묘한 소리를 전해 들었다.

지금 미국의 전 영토가 쑥대밭이 되어버렸다는 것이다.

미군 제8함대 소속 로버트 스톤 대령은 무전으로 화수에게 당시의 상황을 설명했다.

―…순식간이었습니다. 아시다시피 지금 미국은 전란을

수습하느라 꽤 바쁜 나날을 보내고 있습니다. 때문에 태평양을 한국군에게 맡겨놓고 해군을 모두 정박시켜 놓은 상태이지요. 이때 미시간에서 발병한 전염병이 미국 전역을 강타한 겁니다.

"도대체 어떤 전염병이기에 사람들이 그렇게까지 무력화된다는 겁니까?"

―한 번 물리면 사람이 변합니다.

"물려요?"

―전염병에 걸리면 사람을 물어뜯습니다. 그리고 내장을 파먹지요. 그 내장을 파먹힌 사람은 다시 살아나 산 사람을 찾아 돌아다닙니다.

"사람이 사람을 파먹는다고요?"

―믿을 수 없지만 사실입니다.

"그런 말도 안 되는 일이……."

―아무튼 이곳으로 빨리 와주셔야겠습니다. 장관님께서 군대를 급파해 주신다면 돌아가신 대통령 각하께서도 편히 눈을 감으시겠지요.

"…이것 참."

지금 미국은 대통령은 물론이고 부통령, 장관 6명, 군대 최고 수장 5명, 경, 검찰총장을 모두 잃었다.

한마디로 사회의 질서를 유지하는 정부 각처의 수장이 모두 다 죽었다는 소리다.

그나마 남은 각처 고위인사는 무너져 가는 미국을 살리기 위해 온 힘을 다하는 중이었다.

로버트 스톤 대령 역시 8함대에 남은 병력과 장비를 가지고 태평양 인근을 배회하는 중이라고 했다.

아마 한 달 내로 식량을 구하지 못하면 이들 역시 생존이 불가능할 것이다.

"일단 각하와 상의 후에 곧장 공군과 해군을 급파하겠습니다. 그 이후에 육군특전사를 투입시키도록 하지요."

ㅡ감사합니다! 이 은혜는 정말 잊지 않을 겁니다!

화수는 일단 이 사태에 대하여 최성균에게 보고하기로 했다.

*　　　*　　　*

무전의 내용을 그대로 녹음한 녹취 파일을 접한 최성균은 도저히 믿을 수 없다는 표정이었다.

아무리 세상이 망조라는 말이 많지만 사람이 사람을 뜯어먹는 것은 도저히 믿을 수가 없었다.

때문에 그는 군을 급파하는 일에 대해 결정 내리기를 주저했다.

만약 이것이 또 다른 전쟁의 시작이 되면 어쩌나 하는 생각
이 자리 잡았기 때문이다.

하지만 화수는 지금 한국군이 세계의 경찰임을 강조했
다.

"우리는 이제 세계의 질서를 유지해야 할 책임이 있습니
다. 군사강국이 되었다는 것은 그런 부담까지 안아야 하는 자
리입니다."

"하지만 병력이 감염될 가능성도 있지 않습니까?"

화수는 고개를 가로저었다.

"저들의 얘기로 미뤄보았을 때 감염의 조건은 오로지 혈액
이나 타액인 것 같습니다. 그러니 감염자와 접촉이 없는 항공
기를 사용했을 때엔 문제가 없습니다."

그는 군사지도에 나온 앵커리지 항공기지를 가리키며 말
했다.

"이곳으로 비행단을 파견하고 캐나다를 시작으로 조사를
벌이면 될 겁니다. 그 이후에 구호선 등을 급파하시면 됩니
다."

"으음……."

최성균은 이 사안에 대해선 화수에게 전권을 맡기기로 했
다.

"이번 일에 대한 전권을 모두 위임하겠습니다. 장관님께서

힘을 써주십시오."

"예, 알겠습니다."

화수는 미국으로 향하는 비행단을 꾸리기 위해 평양으로
향했다.

*   *   *

현재 평양에는 3군의 본부가 모두 위치해 있었는데, 이것
에서 구상된 작전은 각 사단과 그 예하 부대에 전달되도록 되
어 있다.

화수는 공군참모총장에게 300기의 전투기와 200기의 수송
선으로 이뤄진 병력을 구성하도록 지시했다.

또한 해군참모총장에게는 이지스전함 5척과 그 예하 부대,
그리고 구호물자를 실은 수송선 50척을 준비하도록 했다.

로버트 스톤의 말에 의하면 지금 미국에 남은 군인은 물론
이고 그 국민까지 돌봐야 하는 상황일 것이다.

그러니 미국 내부로 진입하기 전까지 버틸 식량을 준비해
야 마땅했다.

화수는 평양의 위성도시들이 가지고 있는 군량 중 약
0.01%를 풀어 미국을 구휼하기로 했다.

한국군은 무려 10년의 전쟁을 치를 수 있는 물자를 보유하

고 있는데, 이것은 언제 위험이 닥칠지 알 수가 없기 때문이다.

이제 화수는 이 모든 것을 합동참모부의장 임성환 대장에게 일임하기로 했다.

"모든 물자를 미군에게 분배하고 한국군은 2차 보급을 기다리십시오. 그동안에는 함대에 보관하고 있는 물자로 생활하십시오. 그 정도면 족히 1년은 버틸 수 있을 겁니다."

"예, 알겠습니다."

화수가 설계한 전함들은 정원을 줄이는 대신 물자를 수송할 수 있는 창고를 다량 보유하고 있다.

더군다나 함포 자체가 마나융합식이기 때문에 포탄 또한 그다지 크지가 않다. 또한 거의 모든 것이 전자동 시스템이라서 필수 인원이 적었다.

때문에 이지스 전함은 일반 상륙함이나 보급선과 비교해도 그 적재량이 전혀 모자라지 않았다.

1,500명의 인원을 모두 수용하면서도 1년 이상 버틸 수 있는 식량을 보유할 수 있는 것도 모두 그 때문이다.

화수는 5척의 이지스전함에 1년가량 먹을 수 있는 식량과 미군에게 보급할 구형 탄약까지 싣기로 했다.

"8함대와 조우하면 그들과 함께 캘리포니아를 점령하십시오. 그러자면 이 포탄은 필수적일 겁니다."

"예, 알겠습니다."

이제 화수는 1차로 병력을 급파하여 미국을 구원하기로 했다.

                    *   *   *

급속 전염병 A바이러스 발병 일주일째.

미국은 쑥대밭으로 변하여 원래의 활기를 찾아볼 수가 없었다.

"캬아아아악!"

"끼에에에에엑!"

빌딩 숲이 있던 뉴욕의 거리에는 사람들의 발소리 대신 괴기스러운 환자들의 비명 소리가 가득했다.

미국의 인구 3억 중 살아남은 사람은 고작 300분의 1이었고 이제 그 숫자는 점점 줄어들고 있었다.

그나마 이 중에 군인의 비중이 무려 80%에 달하고 있었으니 일반인은 거의 다 죽었다고 볼 수 있었다.

이제 한 주에 남은 생존자의 숫자는 3만 명 이하로 이 광활한 영토에서 온전한 사람을 찾기란 거의 불가능했다.

"끄어어어어……."

살아 있는 고기를 찾아서 돌아다니는 감염자들을 피해서

엠파이어스테이트빌딩 중간에 숨은 미셸과 라이언은 벌써 일주일째 아무것도 먹지를 못하고 있었다.

그나마 사건 발생 일주일 전에 가지고 있던 1.5리터의 물이 없었다면 벌써 죽었을지도 모른다.

"…우리, 살 수 있을까?"

"당연한 소리. 여기서 죽을 것이었다면 왜 그렇게 난리를 피우면서 도망 다녔겠어?"

라이언은 해군 특수부대 네이비실 소속으로 원래는 남미 파병을 준비하고 있었다.

그러다 갑작스럽게 이런 상황이 벌어졌고, 동네 친구인 미셸과 함께 도망에 도망을 거듭하여 여기까지 왔다.

필라델피아에서 뉴욕까지 오는 머나먼 여정 동안 라이언은 무수히 많은 감염자를 죽였다.

그동안 그는 지금까지 겪어온 전쟁보다 훨씬 더 심각한 살인을 저질러야 했다.

그러면서 그의 영혼은 조금씩 병들어갔고, 정신적인 균열이 생겨나기 시작했다.

그는 자신의 이런 행동이 생존으로 이어져 모든 것이 해피엔딩으로 끝나기만을 바랐다.

라이언은 자신의 지갑에 있던 가족과 애인의 사진을 바라보며 씁쓸한 표정을 지었다.

"우리가 죽으면 가족들을 볼 낯이 없어. 그들의 인생 또한 우리의 것이기 때문이지."

"그래도……."

라이언은 가족들을 구하지 못했고, 그 죄책감을 평생 가슴에 안고 살아가야 할 것이다.

그런 삶이라고 해도 꼭 살아남아 행복을 맛보고 싶었다.

"살 수 있냐고 묻지 말고 어떻게 살 것인지를 물어. 나는 이제부터 죽을 생각은 아예 하지 않고 살 테니까."

"그래, 알겠어."

그의 결연한 의지가 그녀에게도 전달된 모양이다.

방금 전까지만 해도 얼굴에 생기가 하나도 없던 그녀가 살며시 미소를 지었다.

"좋아, 그런 희망만이 필요해. 이젠 절망은 생각도 하지 마."

"알겠어."

긍정적인 마인드로 중무장한 그는 슬슬 배가 고파져 오는 것을 느꼈다.

꼬르르륵…….

"또 시작이군."

"일주일 동안 거의 먹지 못했으니까."

"젠장, 이대로라면 움직일 힘도 남지 않을 거야. 어서 먹을 것을 구해야겠어."

"하지만 어떻게?"

그는 엠파이어스테이트빌딩 꼭대기에 있는 스카이라운지를 떠올린다.

"옥상까지 갈 수만 있다면 당분간 먹고살 수 있는 음식을 구할 수 있을 거야. 비록 전력을 관리하는 사람은 없어도 전기는 조금씩 돌아가고 있으니까."

"그렇지만 그곳까지 가기가 쉽지 않은걸."

지금 이 빌딩 내부에도 감염자들이 날파리처럼 들끓고 있다.

아마 일반적인 방법으론 옥상까지 가기도 전에 감염자들의 먹이가 되어 죽을 것이다.

"환풍구를 타자."

"환풍구?"

"통풍을 위한 환풍 시설이 잘되어 있을 테니까 정상까지 가는 데 별문제는 없을 거야. 행여 소리가 난다고 해도 놈들이 환풍구를 뚫고 올 수는 없을 테고."

"…괜찮을까?"

"나만 믿어."

그는 지금까지 그 어떠한 역경도 꿋꿋하게 이겨내며 살아왔다.

아마 오늘의 생존도 그 역경을 헤쳐 온 굳은 의지로 돌파해
낼 수 있을 것이다.

라이언은 주변에 놓여 있던 물건들을 이용하여 감염자들
에게 대항할 수 있는 장비를 갖추기로 했다.

"아마 스카이라운지에는 생각보다 많은 놈이 있을 거야.
놈들을 해치우고 그곳을 점령하지 않으면 우리가 죽어."

"응."

그는 두꺼운 책으로 팔과 다리를 꽁꽁 싸매고 식칼을 청소
용 밀대걸레에 꽂아 테이프로 칭칭 감았다.

이 정도라면 충분히 몸을 지킬 수 있을 터였다.

"옥상으로 올라가선 뒤로 바짝 붙어. 잘못하면 우리 둘 다
죽을 수도 있으니까."

"알겠어."

뉴욕까지 오면서 수많은 감염자를 죽여 온 라이언을 어깨
너머로 지켜본 그녀 역시 생존에 필요한 행동강령쯤은 익히
고 있었다.

그는 임시로 만든 식칼 창을 등에 질끈 동여맨 후 그녀를
환풍구 위로 올려 보냈다.

그리고 자신 역시 그 위로 올라가 환풍구에 몸을 실었다.

그녀는 엉금엉금 기는 자세로 좁은 환풍구를 타고 올라가
기 시작했다.

“끄응…….”

“힘을 내.”

경사가 좀 높아서 팔심이 상당히 많이 필요할 것으로 보였다.

어려서부터 몸이 약한 그녀이기에 잠시 이곳에 매달려 있는 것만으로도 충분히 힘이 빠졌다.

하지만 그녀는 젖 먹던 힘까지 전부 다 짜내어 벽을 올랐다.

한 발 한 발 천천히 걸음을 옮기던 그녀는 순간적으로 심장에 무리가 오는 것을 느꼈다.

“꺅……!”

“크윽!”

후끈후끈한 환풍기의 열기가 그녀의 폐부를 자극하면서 심장이 일시적으로 발작을 일으킨 것이다.

하지만 그는 환풍구 벽을 타고 흘러내리는 그녀를 온몸으로 받쳐 불상사를 막아냈다.

“괘, 괜찮아?”

“뭐, 어느 정도는…….”

그는 미셸의 엉덩이를 자신의 목덜미에 딱 붙이곤 두 발을 교차시켜 가슴 부근을 감싸도록 했다.

그러자 그녀의 엉덩이에 라이언의 어깨와 뒷덜미가 밀착

되어 뜨끈한 김이 올라왔다.

"어, 어머."

"올라가자."

그녀의 얼굴이 빨개졌다는 것을 익히 알고 있는 라이언이지만 지금은 그런 자잘한 것을 따질 때가 아니었다.

미셸 역시 그것을 너무나도 잘 알고 있기 때문에 별다른 말은 없었다.

다만 붉어진 얼굴을 감추기 위해서 입을 꾹 다물어 버린 것이 흠이라면 흠이다.

쿵쿵쿵…….

두 사람은 계속해서 환풍구를 타고 위로 올라갔다.

*   *   *

엠파이어스테이트빌딩 100층.

우글거리는 감염자들 사이로 스카이라운지의 이정표가 보였다.

"거의 다 왔어."

"…고생 많았어."

"고생은 무슨, 이제부터가 시작인데."

"그, 그런가?"

지금 두 사람의 발아래에는 아무리 적게 잡아도 200명이 넘는 감염자가 우르르 몰려다니고 있었다.

아마 저 틈바구니에 사람을 한 명 떨어뜨려 놓으면 1분도 채 지나지 않아 뼈밖에 남지 않을 것이다.

그는 긴장한 기색이 역력한 그녀를 다독였다.

"할 수 있어. 우리는 살 수 있다고."

"으, 응……."

이제 더 이상 물러날 곳도 없는 상황, 라이언은 이내 101층으로 올라섰다.

철컹!

아주 천천히 환풍구 문을 연 라이언은 스카이라운지의 위치를 숙지했다.

"저기 있다."

스카이라운지의 입구는 이곳에서 약 50미터 떨어진 곳에 위치해 있었다.

이제 그는 환풍구에서 나와 등에 매달려 있던 창을 꺼냈다.

"후우……."

깊이 심호흡을 한 그는 주변에 보이는 감염자들부터 처리하기로 했다.

"바짝 붙어."

"응."

지근거리에 있는 감염자의 숫자는 총 다섯 명. 잘못하면 그가 감염될 수도 있는 상황이다.

하지만 그는 이를 악문다.

"죽어라!"

푸욱!

"끄웨에에엑!"

그는 단숨에 감염자의 뇌를 꿰뚫어 버렸다.

푸하아아악!

시퍼런 뇌수가 튀어 올라 그의 얼굴과 머리를 물들였다.

"더러운 자식들!"

필라델피아에서 뉴욕까지 오면서 라이언이 깨달은 것은 직접적으로 혈관에 타액이나 혈액이 섞이지 않으면 감염되지 않는다는 것이다.

직접 피를 마시거나 눈에 피를 넣어보지 않아 자세한 것은 알 수 없지만, 그의 경험상 절대적인 방어력만 갖추면 감염될 리 없었다.

또한 감염자들의 혈액은 녹색이고 뇌수는 파란색으로 변해 있었는데, 이 내용물에서는 말로 형용할 수 없는 악취가 풍겼다.

그 어디에서도 맡아본 적 없는 해괴망측한 냄새가 온몸에서 진동하고 있었지만, 그녀는 라이언의 뒤에서 절대로 떨어지지 않았다.

"라이언, 뒤쪽!"

"이런……."

그녀는 라이언의 뒤에서 시야를 넓혀주는 역할을 했다.

때문에 그는 눈을 네 개나 가지고 있어 일 대 다수의 싸움을 이겨올 수 있었다.

서걱!

"크웨에에엑!"

"징그러운 놈들!"

그는 순식간에 세 놈을 해치운 후 50미터 앞에 있는 식당까지 전력질주하기 시작했다.

"뛰어!"

"하아, 하아!"

이제 곧 이곳 101층에 있는 모든 감염자가 두 사람의 목소리를 듣고 득달같이 달려들 것이다.

그 전에 식당 안으로 피신하지 않으면 목숨을 부지하기 어려웠다.

두 사람은 전력을 다해 식당을 향해 달렸고, 무려 100명이나 되는 감염자가 그들을 향해 달려들었다.

"끼에에에에엑!"

"크헤엑, 크헤엑!"

인간의 형용사로는 도저히 표현할 길이 없는 그들의 행태는 실로 끔찍하기 이를 데 없었다.

미셸의 손을 잡은 라이언은 그녀의 시선을 자신에게로 돌렸다.

"뒤를 돌아보지 마! 나만 봐!"

"하아, 하아……!"

바로 그때, 그녀의 발밑에서 무언가 축축한 감촉이 느껴졌다.

꿀렁~

"꺄아아악!"

콰앙!

"미셸!"

그녀는 아직 탱탱하게 살아 있는 시체의 뇌를 밟는 바람에 바로 그 자리에서 엉덩방아를 찧고 말았다.

"으으윽!"

"어서 일어나!"

"끼에에에엑!"

100명이 넘는 감염자가 그녀를 향해 손을 뻗었고, 이내 그들의 이빨이 그녀의 신발이 닿을 판이다.

"이런 빌어먹을!"

그는 감염자의 이빨에 발차기를 날렸다.

빠악!

"끄에엑!"

"일어나!"

"으으으윽!"

아무래도 엉치뼈에 금이 간 것 같았지만, 그녀는 초인적인 인내심을 발휘하여 자리에서 일어섰다.

그는 그런 그녀를 바닥에 질질 끌면서 스카이라운지 입구까지 달려갔다.

스윽, 스윽, 스윽!

이제 남은 거리는 불과 30㎝. 라이언은 그녀를 유리벽 앞에 세워놓고 문을 열었다.

"으으으윽!"

하지만 굳게 닫힌 문은 열릴 생각을 하지 않았다.

"제기랄!"

"라이언……."

"아무래도 회선이 망가진 것 같아. 하필이면 이럴 때……."

수많은 감염자, 두 사람은 죽음을 직감했다.

"빌어먹을…… 아직 결혼도 못 했는데."

"흑흑……."

"끼에에에엑!"

벌 떼처럼 달려드는 감염자들. 바로 그때였다.

타앙!

"끄엑?!"

"이쪽이야!"

입구 바로 옆에 난 창문에서 한 여성이 엽총으로 감염자들의 머리통을 날렸다.

두 사람은 곧장 그녀가 인도하는 쪽으로 내달리기 시작했다.

"허억, 허억!"

라이언은 미셸을 번쩍 안아 들어 창문 안으로 구겨 넣고 자신의 몸도 구겨 넣었다.

하지만 가벼운 그녀와는 달리 그의 육중한 몸집은 쉽사리 창문 안으로 들어갈 수가 없었다.

"으윽, 으으윽!"

"라이언! 힘을 내!"

바로 그때였다.

쫘득!

"아아아아악!"

"끄이에에엑!"

"꺼져!"

퍼억!

라이언은 자신의 발을 감염자에게 내어줄 수밖에 없었고,

그는 간신히 감염자를 떼어낸 후에서야 창문 틈으로 몸을 구겨 넣을 수 있었다.

"허억, 허억!"

철컥!

하지만 가까스로 창문 안에 몸을 구겨 넣고 보니 또 다른 위협이 도사리고 있었다.

"물렸나?"

"…그렇습니다."

"그럼 살려둘 수가 없겠군."

"흑흑! 잠시만요! 아직 라이언이 변한 것도 아니잖아요?!"

"시끄러워! 이곳에서 살아남을 수 있는 방법은 감염된 놈들을 죄다 죽이는 것뿐이다!"

미셸은 그녀의 앞에 털썩 무릎을 꿇었다.

"제발, 제발 살려주세요! 라이언을 우리에 가두는 한이 있더라고 죽이지는 말아주세요! 부탁이에요!"

"미셸……."

"이 사람이 죽으면 저는 이제 정말 혼자가 된단 말이에요!"

그녀는 이를 꽉 악물었다.

"젠장!"

이윽고 그녀는 감염자들과 건물 안의 경계에 있는 보호 유리에 그를 가두기로 했다.

"이곳에 들어가 있어. 어쩔 수 없지."

"감사합니다!"

라이언은 그녀의 지시에 따라 감염자들이 득실거리는 바깥과 불과 1㎝ 떨어진 벽을 둔 감옥에 갇힐 수밖에 없었다.

2장

생존자들

　감염자와 접촉 이틀째, 라이언은 아직도 변하지 않은 채 그 대로 온전히 살아남았다.

　다리를 물린 자국 역시 아물어 딱지가 앉았으며, 눈동자의 색만 조금 변했을 뿐이다.

　두 사람을 구해준 생물학자 레이첼은 아마도 그가 항체를 가졌거나 자연적 내성을 가졌다고 예상했다.

　"내 생각이 짧았어요. 당신은… 어쩌면 이 세상을 구원할 유일한 열쇠일 수도 있겠군요."

　"난 그냥 떠돌이 군인일 뿐입니다만……."

"그 떠돌이 군인이 세상을 살릴 수도 있어요."

그녀는 라이언의 혈청을 이용하여 A바이러스의 항체를 만들 수도 있다고 확신했다.

"당신을 국제보건기구로 데리고 간다면 죽어가는 생명을 살릴 수 있어요."

"하지만 그곳까진 상당히 멉니다. 또한 그들이 나를 받아줄지도 의문이고요."

스위스 제네바에 있는 국제보건기구까지 가려면 비행기나 배를 타야 하는데, 뉴욕의 항만까지 이동하자면 적어도 수만의 감염자들과 싸워야 한다.

그는 그 모험을 하는 동안 모두 다 죽을 것임을 확신하고 있었다.

"일단 이곳에서 버틸 수 있을 때까지 버텨봅시다."

"맞아요. 너무 힘들기도 하고……."

두 사람이 이곳에 안주하자고 얘기했을 때, 그녀는 전혀 다른 의견을 제시했다.

"어차피 이곳에 있으면 죽어요. 또한 바이러스가 언제 돌연변이를 일으켜 공기 중으로 감염될 수 있을지도 모르고요. 만약 바이러스가 돌연변이를 일으키면 전 세계가 공멸하고 말 겁니다."

"하지만 그렇다고 무작정 목숨을 걸 수는 없는 노릇 아닙니까? 스위스까지 아직 전염되지 않았다는 확신도 없고 말입니다."

"그래도 나아가지 않으면 다 죽어요. 그런데도 이곳에 안주하고 있을 건가요?"

그는 깊은 고민에 빠지지 않을 수 없었다.

지금까지 그가 보아온 처참한 광경이 지구 전체를 뒤덮는다면 분명 그는 홀로 자책하며 살아갈 수밖에 없을 것이다.

그런 삶은 정말이지 살지 않는 것보다 훨씬 더 못할 것이 분명했다.

하지만 자신을 따라서 지금까지 사선을 넘나든 미셸을 생각하면 얼마간 이곳에 더 머물고 싶은 마음뿐이다.

"흐음……."

그런 그의 고뇌를 너무나도 잘 이해한다는 듯 그녀가 어깨를 다독였다.

"마음에 짐을 만들 필요는 없어."

"미셸……."

"난 괜찮아. 언제나 그랬듯 네가 나를 지켜줄 거잖아."

두 사람은 서로를 아끼고 지키며 이곳까지 왔다.

아마 두 사람이 함께한다면 그 어디를 가도 충분히 살아남을 수 있을 것이다.

그는 결심했다는 듯이 깊은 심호흡을 했다.

"후우! 좋습니다. 갑시다."

"정말요?"

"하지만 조건이 하나 있습니다."

"말씀하세요."

"어차피 그곳까지 그냥 갈 수는 없어요. 그러니 경찰서를 거쳐 군부대를 경유해 항만까지 갑시다."

"무기를 비축하자는 뜻이군요?"

"맞습니다. 그렇지 않다면 어차피 승산이 없어요. 그러니 무기를 차곡차곡 쌓아가면서 이동하자는 겁니다."

그녀는 고개를 끄덕였다.

"그래요. 그 말이 맞는군요."

엠파이어스테이트빌딩에서 뉴욕경찰서까지는 그리 멀지 않았다.

하지만 미국의 심장부인 뉴욕이다 보니 감염자의 숫자가 가장 많기 때문에 단 1미터를 이동하는 데도 엄청나게 오랜 시간이 걸릴 것이다.

그는 집에서 가지고 온 군사용 지도를 펼쳐 하수도의 구조를 파악해 나가기 시작했다.

"여기서 하수도를 타고 이동하면 금방 뉴욕경찰서까지 닿을 수 있습니다. 다만 그곳까지 내려가는 길이 만만치가 않겠지요."

"그래도 감수해야 해요."

"좋습니다. 일단 이곳에서 챙길 수 있는 식량은 모조리 챙겨 떠나는 것으로 하시죠."

"네."

세 사람은 흩어져 챙길 수 있는 식량과 휴대용 물병을 최대한 많이 확보하기로 했다.

*　　*　　*

알레스카 앵커리지에 도착한 화수는 두 눈으로 보고도 도저히 믿을 수 없는 광경과 마주했다.

앵커리지에 주둔하고 있던 공군부대는 이미 궤멸되어 흔적조차 찾을 수 없었으며, 그나마 남은 사람들은 전부 A바이러스에 감염되어 좀비처럼 주변을 배회하고 있었다.

"…정말 좀비 떼가 창궐하기라도 했단 말인가?"

그 언젠가 화수가 카미엘이던 시절, 전쟁의 끄트머리에서 좀비 떼를 목격한 적이 있었다.

당시 대륙 북동부의 한 마을에서 좀비 떼가 창궐하여 주변을 쑥대밭으로 만들었던 사건이다.

그때의 조치로 가장 먼저 선행되었던 것은 창궐한 좀비를 모두 다 불태워 다시는 시신이 부활하지 못하도록 한 것이다.

그 조치가 모두 끝나고 난 후에서야 좀비 떼는 더 이상 관측되지 않았으며, 마을에도 평화가 찾아왔다.

좀비는 원래 흑마술을 부리는 사령술사가 악마에게 영혼을 팔아 만들어내는 일종의 강령술의 산물이다.

때문에 사령술사를 죽이면 좀비 떼는 더 이상 생겨나지 않지만, 그들 스스로가 산 사람을 죽여 새로운 좀비를 만들어내기도 한다.

이러한 역할을 하는 좀비들을 아드몬트라고 부른다.

수도사나 마법사들이 좀비로 변하게 되면 일반적인 좀비들과는 달리 구강에서 침을 분비하게 된다.

아직까지 신성력과 마나가 좀비 안에 머물고 있기 때문인데, 이것이 세포의 변형을 일으켜 산 사람을 좀비로 만들게 되는 것이다.

이 아드몬트가 전염시킨 좀비는 일반적인 좀비들과는 달리 감염 능력을 지닌 구울로 다시 태어나게 된다.

이 구울들이 마을 하나를 습격하게 되면 그 마을에 있던 사람들은 다시 구울로 변하여 새로운 좀비들을 만들어내게 된다.

이런 악순환이 계속되면 일반적인 보병이나 궁수들로는 도저히 좀비들을 막아낼 수가 없다.

좀비들은 지성이 없기 때문에 오로지 신선한 고기를 먹기 위해 죽음을 불사한다.

자신이 죽은 것조차 인지하지 못하는 좀비 떼가 성벽 앞에 쌓이게 되면 뒤에서 따라오던 좀비들이 그것을 밟고 성벽을 다시 오른다.

때문에 영지 하나가 좀비 떼로 뒤덮이면 국가 하나를 망치는 데 걸리는 시간은 보름도 채 되지 않는다.

그나마 이동 수단이 미미한 루야나드였기 때문에 망정이지, 자동차와 같은 이동 수단이 있었다면 대륙은 좀비 떼로 인해 회생이 불가능했을 것이다.

화수는 그때의 광경과 지금의 광경이 많이 다르지 않다는 것을 알 수 있었다.

공군 병력을 이용하여 기지를 깔끔하게 청소한 그는 드론과 함께 기지 내부를 순찰했다.

위이이이잉…….

화수가 가진 마나의 영향으로 인해 최대 5천 기의 비행 드론이 그의 곁을 엄호할 수 있다.

때문에 굳이 직접 전투를 치르지 않아도 좀비들을 처리할 수 있었다.

공군기지 내부로 들어선 화수는 머리가 터져 죽어버린 좀비들의 사체를 자세히 관찰했다.

뇌는 파란색이고 피는 녹색이며, 뼈는 산화하여 오히려 일반 사람보다 훨씬 더 단단해져 있었다.

이것은 좀비들이 갖는 전형적인 특징이며 자연적으로 발병한 병이 아니라는 소리였다.

'마족······!'

분명 이것은 마족이 일으킨 전염병이며, 미국에 마족이 직접 강림했다는 뜻이다.

지구에는 마나를 사용하는 사람이 없기 때문에 마족을 소환할 수 있는 사람이 없다.

때문에 만약 이곳에 마족이 강림하자면 스스로가 직접 아공간을 뚫고 차원을 넘나들 수밖에 없다.

화수는 즉시 이곳을 소각하고 물자를 보급해 미국의 심장부로 진격하기로 했다.

"지금 당장 출격을 준비하십시오. 뉴욕으로 갑니다."

"예, 알겠습니다."

"그리고 본토에 백야함을 보내라고 전하십시오. 내가 직접 현장을 지휘하겠습니다."

"장관님께서 직접이요?"

"네, 그렇습니다. 내가 이 A바이러스를 해결하는 방법을 알 수도 있을 것 같군요."

"예, 알겠습니다."

화수의 핫라인이 가동되면서 한국 공군의 핵심인 백야함

이 출격을 준비했다.

*　　　*　　　*

미국으로 급파되었던 공군 전투비행단 병력이 브룩클린을 공습하면서 진을 펼칠 수 있는 거점을 마련했다.

그리고 화수는 그곳에 주둔지를 마련하고 본격적인 뉴욕 수복 작전에 돌입했다.

"제1, 2, 3, 4, 5전투항공연대는 생존자들에게 방송을 내보내 구조 거점을 확보하십시오. 전투는 당분간 폭격이 아니라 기관총으로만 하겠습니다."

"예, 알겠습니다."

어차피 드론은 적으로 간주되는 물체만 공격하기 때문에 일반인을 공격할 리가 없다.

그러니 사람이 조종하는 폭격기만 잘 제어한다면 민간인 사상자는 더 이상 나오지 않을 것이다.

화수는 브룩클린에 도착한 백야함을 정박시킨 후 드론부대를 급파했다. 그리고 그 뒤를 이어 기갑사단을 투입시켜 생존자들을 구조할 수 있도록 했다.

"살아 있는 사람이 있다면 어떻게 해서든 살리십시오. 하지만 감염자들에게 물렸거나 신체 접촉이 있다고 판단되면 입과 손, 발을 모두 묶어서 데리고 오십시오."

"예, 알겠습니다."

작전을 실행하는 것은 좋지만, 작전 도중에 한국군이 좀비로 변한다면 일이 더 커질 것이 분명했다.

화수는 그것을 최소화하기 위해서 일반 보병 대신 기갑사단을 투입했다.

약 2,500대의 장갑차가 드론부대를 뒤따라가면서 생존자들을 수색하는 구조 활동을 전개했다.

—생존자들은 이 방송을 듣자마자 밖으로 나오십시오! 한국군이 당신들을 구하겠습니다!

브룩클린 초입에는 드문드문 생존자가 존재했는데, 대부분 그 행색이 남루하기 그지없었다.

"우, 우리 아이를 살려주세요! 영양실조로 죽어가고 있어요!"

저 멀리 한국군에게로 한 여자가 아이를 안고 달려왔다.

일단 한국군은 그녀를 수용하려 장갑차의 문을 열면서 그녀와 아이의 상태를 살폈다.

다행히도 어딘가에 물린 자국이나 체온이 비정상적으로 낮은 등의 이상 징후는 없는 듯했다.

"일단 타십시오. 장갑차 안에서 링거를 주사해 드리겠습니다."

"감사합니다!"

화수가 만들어낸 마나코어 링거는 죽어가는 아이를 살리는 데 탁월한 효과를 발휘할 것이다.

한국군은 두 모녀를 태우곤 계속해서 브룩클린 북부로 진격했다.

"혹시 이곳에서 추가 생존자를 본 기억이 있습니까?"

"브로드웨이와 월스트리트 근처에서 본 것 같아요. 가끔 라디오가 들려온 것 같기도 하고요."

"알겠습니다."

이제 한국군 기갑부대는 생존자들이 꽤 있다는 전제하에 천천히 작전을 실행했다.

*   *   *

브룩클린에서 만난 생존자는 총 500명, 그중에 중상자가 200명, 100명은 경상자였다.

대부분 가족을 잃었거나 친구와 함께 여행을 왔다가 뉴욕에 억류된 케이스였는데, 모두 건강에는 이상이 없었다.

하지만 화수는 이들에게서 아주 흥미로운 얘기를 전해 들을 수 있었다.

"예전에 한번 감염자들의 녹색 피를 뒤집어쓴 남자를 본

적이 있어요."

"똑같이 감염자로 돌변했나요?"

"아니요. 그대로 감염자들을 처단하고 있었어요. 피로 칠갑을 했음에도 불구하고 별문제가 없는 것 같더군요."

"으음."

화수가 아는 상식선에선 아드몬트나 구울의 피를 뒤집어쓰고도 멀쩡히 살아 있을 수 있는 사람은 없다.

아드몬트의 피는 사람의 심장을 멎게 만드는 치명적인 맹독으로, 모공에 잘못 들어가는 것만으로도 바이러스에 감염될 수 있었다.

그럼에도 불구하고 피를 한 바가지나 뒤집어쓴 사람이 감염되지 않았다는 것은 말이 되지 않았다.

"그 사람은 지금 어디에 있습니까?"

"제가 알기론 엠파이어스테이트빌딩으로 간다고 했어요. 그곳에서 조금 버티다가 로키산맥으로 간다고 했지요."

"로키산맥이라……."

로키산맥이 위치한 와이오밍은 넓은 산림지대와 크고 넓은 호수지대를 다량 보유하고 있다.

하지만 인구 밀도는 뉴욕보다 적기 때문에 새 출발을 한다면 충분히 승산이 있을 터이다.

아마도 그는 일행을 이끌고 그곳에 터를 잡고 삶을 다시 꾸릴 생각인 모양이다.

'생존 본능이 강한 사람이군.'

화수가 생각하기에 그 사람은 보통 일반인과는 조금 다른 삶을 살아왔을 것 같았다.

왜냐하면 도시에서 평생을 살아온 사람은 산에서 피죽 한 그릇 얻기 힘들기 때문이다.

산이나 바다에서 살아가는 것이 효과적이라고 생각하는 사람은 많아도 막상 그곳에 데려다 놓으면 거의 십중팔구 한 달도 못 가서 죽어 나자빠지게 마련이다.

그렇게 생각하면 그는 적어도 해병대 이상의 특수부대에서 장기간 복무했거나 그 소속일 가능성이 높았다.

화수는 그가 죽지 않았을 것이라는 확신하에 명령을 집행했다.

"지금 당장 기갑부대를 엠파이어스테이트빌딩 인근으로 급파하십시오."

"공중 전력은 얼마나 이끌면 되겠습니까?"

"저공비행이 필요하니 헬기 50기를 동원하십시오."

"예, 알겠습니다."

국방부장관의 명령에 따라 부룩클린 연안에 위치하고 있던 잠수모함에서 한국형 헬기인 검독수리 헬기 50기가 그 모습을 드러냈다.

다다다다다!

헬파이어 미사일은 물론이고 프리징샷과 포이즌브레이크 미사일까지 장착한 검독수리는 사실상 일반 전투기보다 훨씬 더 강력한 공격력을 가지고 있다.

프리징샷 미사일은 반경 800미터 안을 모두 얼음으로 만들 수 있는 마나융합질소가 내장되어 있어 상상 이상의 파괴력을 갖는다.

헬파이어 미사일이나 네이팜탄은 지하의 적을 제거하기 힘들지만, 프리징샷은 온도 자체를 낮추는 미사일이기 때문에 몸을 숨길 수가 없다.

때문에 프리징샷은 육해공 모두 뛰어난 효과를 발휘하는 전천후 미사일로 정평이 나 있다.

또한 포이즌브레이크 미사일은 장갑과 방호벽을 녹이는 효과를 갖는데, 직경 500미터의 독성 구름을 만들어낸다.

이 독성 구름은 마나자기장에 따라서 유도되는데, 한 번 발사되면 무려 세 시간 동안이나 지속된다.

하지만 생명체에는 큰 지장을 미치지 못하는데, 기껏 해봐야 폭동 진압용 최루탄 정도의 파괴력을 가진다.

아마 이것을 좀비에게 투척한다고 해도 큰 효과는 없을 테지만, 육군이나 해군에게는 치명적인 무기가 된다.

이런 초진보적 무기를 장착한 검독수리 1개 편대가 상륙할 경우엔 1개 사단 병력도 긴장해야 할 정도이다.

ㅡ제56전투비행대대, 전술비행을 시작한다.

ㅡ입감. 목표물은 엠파이어스테이트빌딩이다.

ㅡ양호.

화수는 검독수리에 달린 초정밀 카메라로 전황을 지켜보았다.

*　　　*　　　*

뉴욕 지하수로, 이곳으로는 각종 폐수와 빗물이 지나다니는데 극도로 오염된 폐수는 아주 깊숙한 하수도를 이용하여 종말처리장으로 보내진다.

이곳의 지하수로는 영국의 지하수로와 맞먹는 복잡함과 거대함을 가지고 있는데, 150년 이상 된 구조물이 지천에 널려 있다.

때문에 이곳은 상당히 을씨년스러운 분위기를 자아냈고, 일반인은 어지간하면 접근하지 않았다.

그런 이유로 지금 이곳에 몸을 숨긴다면 감염자들에게서 충분히 살아남을 수 있을 것이다.

라이언은 고무보트 두 개에 식량을 잔뜩 실은 후 그것을 타고 지하수로를 부유하고 있었다.

"이제 곧 뉴욕경찰서에 도착할 겁니다. 준비는 다 되었지요?"

"물론입니다."

그는 이곳에 식량이 든 보트를 놓아두고 홀로 경찰서에 진입하여 탄을 챙겨서 나올 것이다.

또한 경찰에서 사용하는 특수부대용 장갑차를 탈취하여 스위스 제네바로 향하는 방법을 물색했다.

레이첼은 그에게 12구경 베레타 엽총을 건넸다.

"받으세요."

"아닙니다. 넣어두세요. 누가 언제 무슨 짓을 할지 모릅니다. 지금 감염자들이 지천에 널려 있지만 이곳에서 가장 무서운 것은 살아 있는 사람이니까요."

"하지만……."

"식량을 모두 빼앗기면 우리의 미래는 없습니다. 그러니 꼭 지켜주세요."

"알겠어요."

감염자들이 부담되긴 하지만 경찰서 내부의 피해는 생각보다 적은 편이었다.

더군다나 이곳에서 총성이 울리면 근방의 모든 감염자가 죄다 몰려들 것이기 때문에 소리 없이 접근하는 것이 중요했다.

때문에 그는 식칼로 만든 창 하나만 들고 경찰서 안으로 잠입하려는 것이다.

"다녀오겠습니다. 미셸을 잘 부탁합니다."

"걱정하지 마세요."

미셸은 그의 옷자락을 잡곤 울먹이며 말했다.

"…그냥 갈까?"

"아니, 그럴 수는 없어."

"그렇지만……."

"힘을 내야지. 그래야 우리가 살 수 있어."

그제야 그녀는 그의 옷자락을 놓아주었다.

"…조심해야 해."

"물론이지."

그는 자신을 바라보는 일행을 뒤로한 채 경찰서 안으로 진입했다.

철컹!

화장실로 연결되는 하수도를 타고 건물 안으로 들어선 그는 코부터 틀어막았다.

"으윽!"

경찰서 안에는 상당히 많은 양의 탄약과 무기가 저장되어 있었는데, 덕분에 감염자들을 그 자리에서 처단해 버린 모양이다.

그 때문인지 감염자의 숫자는 그리 많지 않았지만, 주변이 온통 녹색 피투성이와 파란색 뇌수뿐이었다.

머리가 날아간 감염자들이 잔뜩 쌓인 화장실에서 나온 그는 1층 현관에서 약 50미터 떨어진 2층 계단으로 향했다.

뚜벅뚜벅…….

시체 외에는 사람의 흔적이 전혀 없어 과연 이곳에 사람이 기거하고 있던 것인지 의문이 들 정도이다.

그는 죽어 있던 경찰들 시체에서 권총을 빼서 그 안에 탄환이 들어 있는지 확인해 보았다.

찰칵.

"그나마 다행이군."

공포탄과 그다음 탄을 소모하긴 했지만 6발의 리볼버탄이 남아 있어서 위급하면 사용할 수 있을 것 같았다.

1층 로비 계단 옆에 있는 안내 창구 안에는 사람이 급히 도망친 흔적과 함께 감염자들의 시체가 보였다.

그는 안내데스크의 문을 열어 마스터키를 찾아보았다.

"보자……."

모든 건물 안에는 각종 문을 자유자재로 열 수 있는 마스터키를 보유하고 있게 마련이다.

라이언은 그것을 구하기 위해 안내데스크를 뒤적거렸다.

시체들 사이를 헤집고 다니던 그는 '1급 보안등급 관리자

이하 접근 금지'라고 적힌 캐비닛을 발견했다.

"이것인 모양이군."

아무래도 1급 기밀을 관리하는 사람들의 사물함이라면 마스터키를 관리하고 있을 가능성이 높았다.

하지만 문제는 이곳을 열자면 지문인식을 해야 한다는 것이다.

"난감한데……"

분명 해당 등급의 간부들은 사건이 발생하자마자 이곳을 빠져나갔을 것이 뻔했다.

그러니 이곳을 이 잡듯이 뒤져도 간부들의 시체를 찾기란 불가능할 것이다.

"별수 없지."

그는 캐비닛을 억지로 열기로 했다.

끼익, 끼이이익!

캐비닛의 경첩을 스크류드라이버로 해체하여 그 안을 확인하는 것이 가장 빠른 방법일 것이다.

그는 아주 조심스럽게 캐비닛의 경첩을 떼어낸 후 그 안을 들여다보았다.

"오호라, 좋군!"

이 안에는 마스터키와 함께 경찰청 소속 고속정 열쇠까지 들어 있었다.

라이언이 기쁜 마음으로 열쇠를 집어 드는 바로 그때였다.

"끼엑?"

"이, 이런 젠장!"

그의 발아래 조용히 잠들어 있던 감염자들이 자리에서 일어나려 했다.

아무래도 죽은 줄 알았던 감염자들의 시체는 숨이 붙어 있었던 모양이다.

"씨발!"

자신도 모르게 욕지거리를 씹어 뱉은 라이언은 마스터키와 고속정 열쇠를 챙겨 재빨리 2층으로 향했다.

"캬아아아아악!"

"뒈져라!"

퍼억!

그는 자신의 발목을 잡으려는 감염자의 얼굴을 발로 걷어찬 후 곧장 몸을 날려 계단을 타기 시작했다.

$$* \qquad * \qquad *$$

엠파이어스테이트빌딩 앞, 검독수리 50기가 감염자들을 선별해 무차별 폭격을 퍼붓고 있었다.

―프리징샷 두 발을 추가로 사격하겠다.

—입감.

피융, 콰앙!

새파란 화염이 거리를 수놓더니 이내 근방 800미터가 모두 얼어붙기 시작했다.

꽈지지지지직!

살아 있는 모든 것이 얼어붙는 것은 기본이고, 가로수와 자동차의 유리까지 버티지 못하고 죄다 깨져 나갔다.

그와 동시에 감염자들 역시 질소에 닿자마자 얼어붙어 더 이상 움직일 수가 없게 되었다.

엠파이어스테이트빌딩 저층부에 있던 감염자들을 모두 소탕하자 공군특수부대인 SART(항공구조사)와 CCT(공정통제사) 부대원 100명이 일제히 건물 안으로 침투해 들어갔다.

쨍그랑!

—1팀, 레펠 완료.

—2팀, 레펠 완료.

SART와 CCT 도합 1개 중대 병력은 두 개 조로 나누어 수색을 시작했다.

—분대별로 나누어 생존자 수색을 시작한다. 감염자들은 모두 사살하고 살아 있는 사람만 살려서 나올 수 있도록.

—양호.

이들의 곁에는 헬기를 따라 날아온 비행드론들이 함께하

고 있었는데, 유사시에는 감염자들을 함께 사살할 것이다.

60층에 안착한 병력은 드론을 이끌고 70층으로 진격해 들어갔다.

"끼에에에엑!"

하지만 그들을 가로막는 감염자의 숫자가 만만치가 않았다.

─감염자의 숫자가 최소 200씩은 될 것 같군.

─젠장, 뭐 이렇게 많아?

─이렇게 많아선 도저히 작전이 진행될 것 같지 않은데?

─하지만 후퇴는 없다. 장관님께서 직접 지시한 작전인데 후퇴하고 싶나?

─후후, 무슨 말도 안 되는 소리.

공군 특수부대는 한국 특수부대 중에서 전문화가 가장 길고 훈련 자체가 상당히 복합적인 집단이다.

때문에 자부심과 함께 임전무퇴의 각오가 뼛속 깊숙이 베어 있었다.

─1팀 1분대, 우측으로 우회하여 엘리베이터를 점령하겠음.

─양호.

계단을 타고 올라가는 것도 좋지만 그렇게 하기엔 감염자의 숫자가 너무나 많았다.

이들을 일일이 정리하면서 올라가느니 드론을 이용해서 생명 반응 스캔만 하는 편이 나았다.

드론은 적과 아군을 구분하는 제어장치와 생명 반응을 측정하는 기기가 장착되어 있기 때문에 가능했다.

생명 반응 측정기는 아군에 등록된 지문이나 유전적 정보를 가지고 적과 아군을 구분하는 장치인데, 좀비와 인간을 구분할 수도 있었다.

이것을 이용하면 생존자를 찾아내는 데 큰 어려움은 없을 것이다.

하지만 그 반경이 그렇게 넓지 못하기 때문에 한 층 한 층 이동하면서 생존자들을 수색하는 수밖에 없었다.

—엘리베이터를 점령했다. 51층으로 올라가자고.

—입감.

중대원 전원이 탈 수 있는 네 개의 엘리베이터는 일제히 신호에 따라 출발한다.

—이동.

위이이이잉, 철컹!

잠시 후, 51층에 멈추어 선 부대원들은 드론을 보내어 생명 반응을 스캔했다.

삐비빅……!

[생명 반응 없음.]

―젠장, 없군. 다음 층으로 이동하자.

―입감.

아무래도 생존자를 발견하는 일이 그리 쉽지는 않을 것 같
았다.

*   *   *

50층부터 100층까지 차례대로 생존자 검색을 펼친 한국군
은 아직까지 아무런 성과를 거두지 못했다.

이제 남은 곳은 옥상, 이곳에 생존자가 있기만을 바랄 뿐이
다.

화수는 모니터를 통하여 작전이 어떻게 진행되는지 지켜
보고 있었다.

"장관님, 이곳에 생존자가 있을까요?"

"글쎄요. 반반이겠지요. 그가 정말 진정한 기지를 가지고
있었다면 살아 있을 것이고, 그렇지 않았다면 재수 없이 죽었
겠지요."

"흠……."

수색이 계속되는 가운데 드론은 결국 생존자가 전혀 없다
고 알려왔다.

삐비비빅.

[생존자 없음.]

"결국 일이 이렇게 되는군요."

"씁쓸하지만 어쩔 수 없지요. 수색을 접는 수밖에."

화수의 부관들이 작전을 접으려던 찰나, 그는 갑자기 손을 들어 그들을 만류했다.

"잠깐, 잠깐만요!"

"무슨 일이십니까?"

그는 화면에서 아주 이상한 점을 하나 발견했다.

드론이 정찰한 화면을 뚫어지게 바라보던 화수는 식당 내부에 음식물이 하나도 없음을 인지했다.

그것은 바로 생존자가 이곳을 빠져나가 도주했을 수도 있다는 소리였다.

"수색팀."

―예, 장관님.

"그곳에서 밖으로 나갈 수 있는 출구가 있는지 한번 확인해 보십시오."

―예, 알겠습니다.

드론과 특수부대원들은 옥상에 남아 있는 감염자들을 모두 처단한 후 차근차근 스카이라운지를 수색해 보았다.

약 15분 후, 한 수색대원이 화수에게 라디오 전파를 보내왔다.

―환풍구입니다. 환풍구를 타고 아래로 내려간 흔적이 있습니다.

"옳거니, 환풍구라면 사람이 죽을 일은 없겠지."

그들이 지금까지 감염자들 사이에서 살아남을 수 있던 것은 바로 환풍구를 이용했기 때문이다.

화수는 드론을 지하수로로 급파했다.

"드론을 하수구로 보내고 특수부대원들은 복귀하십시오. 경로를 잡으면 다시 재투입합니다."

―예, 알겠습니다.

공군 특수부대원들은 다시 검독수리를 타고 모선으로 귀환했다.

3장
익숙한 그림자

　뉴욕경찰서 2층, 라이언은 다리를 절뚝거리며 형사계로 향하고 있었다.

　"젠장……."

　1차로 무기고를 털어본 그는 어지간한 무기는 모두 사라졌음을 알 수 있었다.

　이제 남은 것은 형사계.

　이곳에서도 무기를 구하지 못한다면 그가 이곳에 스스로 걸어들어 온 의미가 없어진다.

　그는 지금 아킬레스건을 감염자에게 물려 상당히 거동이

불편한 상태였다.

아마도 지금 당장 감염자들이 들이닥친다면 이곳을 빠져 나가지 못한 채 그들의 먹이가 될 것이 분명했다.

"서둘러야 해."

피가 줄줄 흐르는 다리를 이끌고 찾은 형사계, 이곳에는 샷 건과 권총이 대거 진열되어 있었다.

그나마 형사들이 모두 무기고로 달려가는 바람에 이곳에 무기들이 그대로 남아 있는 모양이었다.

그는 1층에서 구한 대형 공구 가방을 열어 무기에서 탄환 만 빼내어 골라 담기 시작했다.

철컥, 쨍그랑!

라이언은 12구경 산탄부터 38구경, 45구경 탄환을 모두 뭉 뚱그려 담은 후 추가 탄환을 찾아 돌아다녔다.

찰칵, 찰칵.

창고에 있는 무기부터 죽은 경관들이 차고 있던 무기까지 죄다 털어보니 약 1,500개가량의 탄환이 모였다.

"조금 부족한데……."

지금 감염자의 단위당 밀도를 생각하면 1,500발로는 탄환 이 턱도 없이 부족한 상황이다.

하지만 더 이상 이곳에서 시간을 지체했다간 어떤 일이 벌 어질지 알 수가 없었다.

"일단 내려가서……."

그는 이곳을 떠나 의무실을 거쳐 약품까지 챙겨 지하수로
로 다시 돌아갈 생각이다.

하지만 그것은 이제 소용이 없는 계획이 되어버렸다.

"끄으으으으……."

'젠장!'

라이언이 정신없이 탄환을 챙기고 있는 가운데 3층에 있던
감염자들이 2층으로 내려오고 있었다.

아무래도 그가 흘린 피가 감염자들을 불러 모은 것이 아닌
가 싶었다.

그는 등에 탄환보를 질끈 동여맨 후 곧장 환풍구로 몸을 숨
겼다.

무거운 다리보다 몸부터 먼저 환풍구로 올라간 그는 갖은
힘을 다해 다친 다리를 들어 올렸다.

"끄응……!"

바로 그때였다.

쿠웅!

'이런 빌어먹을!'

그의 다리가 환풍구에 걸리면서 충격을 발생시킨 것이다.

"끄이에에에에엑!"

"젠장!"

라이언은 재빨리 환풍구 안으로 몸을 숨겼지만, 감염자들은 그런 그를 가만히 내버려 두지 않았다.

재빨리 낮은 포복으로 환풍구를 빠져나가고 있긴 했지만 그를 뒤따라 감염자들이 마구 몸을 구겨 넣고 있었다.

"끄엑, 끄엑!"

"끼아아아악!"

퀴퀴한 감염자들의 뇌수 냄새가 지척까지 풍겨오고 있었고, 좁은 공간 때문에 그의 다리에선 피가 더 많이 배어 나오고 있었다.

혈액이 풍기는 냄새 때문에 감염자들은 한층 더 흥분해서 날뛰기 시작했다.

"끼악, 끼아악!"

"이런 개 같은……!"

아마도 일주일은 족히 굶었을 그들은 먹이를 앞에 두곤 팔다리가 잘리는 줄도 모르고 환풍구로 몸을 구겨 넣었다.

그리고 마침내 그의 바로 뒤편에 첫 번째 감염자가 모습을 드러냈다.

"크르르르릉!"

"제기랄!"

몸을 돌려 총을 쏠 수도 없고, 발길질로 그들을 밀어낼 수도 없는 상황이다.

이제 그는 이곳을 어떻게 빠져나갈지 전혀 생각을 할 수가 없었다.

'이대로 죽는 건가?!'

도저히 방법이 떠오르지 않을 때, 하늘은 그의 손을 들어주었다.

쿠쿵, 쿠쿠쿠쿠쿵!

"어, 어라?"

감염자들이 워낙 많이 몰려들어 환풍구가 그 무게를 감당하지 못하고 주저앉고 말았다.

콰앙!

환풍구는 중간이 뚝 부러져 버렸고, 그의 몸은 빠르게 아래로 떨어져 내렸다.

"으아아아아아악!"

절로 비명이 터져 나오는 상황. 그는 더 이상 아무것도 생각하지 않고 그저 살아날 궁리만 했다.

"이대로 죽을 수는 없지!"

그는 권총탄을 장전하고 전방에 보이는 다소 낡은 환풍관을 조준했다.

타앙, 타앙!

노랗게 녹이 슬어버린 이음새가 권총에 의해 파손되었고, 결국 그가 들어가 있던 환풍구는 완전히 양분되어 버렸다.

콰아아아앙!

"크허억!"

그 충격으로 인해 그의 척추에 무리가 오긴 했지만, 그래도 목숨을 부지하는 데엔 전혀 문제가 없었다.

재빨리 자리에서 일어선 그는 경찰서 지하를 향해 무작정 내달리기 시작했다.

"허억, 허억!"

그는 지금 자신의 다리가 얼마나 다쳤는지, 또한 그의 허리가 어떤 상태인지 되돌아볼 겨를이 없었다.

그렇게 약 5분가량 달렸을 때, 그의 앞에 드디어 지하수로 입구가 보이기 시작했다.

"조금만 더……!"

자신을 뒤쫓는 감염자들을 쳐다보지도 않은 채 지하수로로 몸을 밀어 넣은 그는 머리를 짐 가방으로 가린 채 뛰어내렸다.

쿠웅!

"크억!"

"라이언!"

"어서 배로 돌아가! 이곳을 빠져나가야 해!"

"끼에에에에엑!"

그를 따라서 살아남은 감염자들이 속속들이 떨어져 내리

고 있었고, 그들은 다리가 부러져 당장은 자리에서 일어설 수 없었다.

하지만 그들을 밟고 멀쩡한 감염자들이 떨어져 내릴 테니 더 이상 이곳에 머무를 수는 없었다.

그는 아픈 몸을 이끌고 보트에 탄환 가방을 집어 던졌다.

"어서 타!"

"응!"

이윽고 그는 두 사람을 보트에 싣고는 노를 젓기 시작했다.

물살이 아래로 흐르는 덕분에 당장은 감염자들을 피할 수 있을 테지만, 이대로 떠내려가면 과연 어디로 갈지는 도저히 알 길이 없었다.

이제 모든 것은 신의 손에 달려 있었다.

*   *   *

생존자의 흔적을 따라 뉴욕경찰서까지 온 화수는 감염자들이 지하수로 입구에 잔뜩 모여 있음을 발견했다.

"끼에에에엑!"

"끄엑, 끄엑!"

그는 산더미처럼 쌓인 감염자들에게 프리징샷 미사일을 발사했다.

"다 죽이세요."

"네, 알겠습니다."

로켓런처에 장착된 프리징샷은 수많은 좀비에게 날아가 그 주변을 온통 얼음으로 만들어 버렸다.

쿠웅, 콰앙!

쫘지지지지지지직!

이제 저들의 몸은 손가락으로 살짝 건드리기만 해도 산산조각이 날 것이다.

화수는 직접 좀비들을 치워낸 후 지하수로 안쪽으로 진입했다.

"으윽……!"

그러자 그의 코로 좀비 체액 냄새가 마치 쐐기처럼 쇄도해 들어왔다.

이렇게까지 지독한 체액 냄새가 번져 있다는 것은 이들이 모두 죽은 지 그리 오랜 시간이 흐르지 않았다는 얘기다.

"이쪽입니다! 어서 나를 따르십시오!"

"예, 알겠습니다!"

화수는 K-1A4로 무장한 채 드론들을 이끌고 지하수로를 내달리기 시작했다.

촤악! 촤악! 촤악!

달리는 걸음마다 물이 가득 튀는 것을 보니 수면 위로 보트가 지나간 것 같았다.

노가 달린 보트를 타고 이동했다면 물살을 조금 더 빠르게 타고 이동했을 것이다.

그렇다면 충분히 좀비들을 따돌리고 이곳을 벗어났을 가능성이 있다.

"열심히 뛰면 따라잡을 수 있어요! 어서 달립시다!"

"예!"

100명의 특수부대원과 함께 지하수로를 내달리던 화수는 왼쪽으로 꺾어지는 골목에 들어서 점점 좀비들이 모습을 드러낸다는 것을 알 수 있었다.

아마도 이곳으로 생존자들이 배를 몰았던 것 같다.

"전투태세에 돌입합니다!"

"예, 장관님!"

화수는 선봉에서서 좀비들을 차례대로 상대하며 쉬지 않고 달렸다.

두두두두두두두!

"끄엑!"

"쿠오오옥!"

머리가 관통당해 축 늘어진 좀비들을 이리저리 피해 길을 찾아낸 화수는 점점 더 많아지는 좀비 떼를 발견했다.

"이런, 젠장! 더럽게 많군!"

사방에서 몰려드는 좀비들을 상대하자면 손이 백 개라도 모자라겠지만, 그의 곁에는 엄청난 양의 드론이 버티고 있었다.

핑핑핑핑!

"끄웨에에엑!"

단숨에 벌집이 되어 사라지는 좀비들을 뒤로한 채 직선으로 달려 나가던 화수는 어느 한 지점에 이르러서야 멈추어 섰다.

그의 앞에는 좀비들에게 둘러싸인 두 명의 여자와 한 명의 남성이 사투를 벌이고 있었다.

"저곳입니다! 화력을 집중시키세요!"

"예, 장관님!"

두두두두두!

공군특수부대의 화력이 좀비 떼에게 집중되자 5분도 안 되어 그 뒤의 풍경이 제대로 보이기 시작했다.

"허억, 허억……."

피투성이가 된 사내와 그의 뒤에 숨어 있는 여인들. 남자는 창을 손이 쥔 채 전방을 응시하고 있었다.

화수는 그에게 다가가 이제 그가 살았음을 알려주었다.

"이제 되었습니다. 더 이상 홀로 투쟁할 필요가 없어요."

"…고맙습니……."

이윽고 그는 극심한 피로로 말을 다 잇지 못하고 그대로 쓰러져 버렸다.

         ＊   ＊   ＊

백야함 함장실.

상처 부위를 봉합하고 떨어져 나간 살점을 다시 이식하여 몸을 회복한 라이언이 화수와 마주 앉았다.

그는 지금까지 라이언이 겪은 일에 대해서 아주 상세히 들을 생각이다.

라이언은 자신이 열도전쟁에서 돌아온 시점부터 얘기를 시작했다.

"저는 미군 네이비실에 소속되어 전투를 치렀습니다. 호주 점령전과 아오모리 상륙작전에도 참여했지요."

미 해군은 호주와의 아오모리 전투에서 가장 많은 사상자를 냈는데, 그때 죽은 장병의 숫자가 무려 2만 5천에 달했다.

하루에 2만이 넘는 장병이 죽는 전투는 그리 흔하지 않았으며, 그곳에 참전한 사병 중에서 살아남은 경우는 극히 드물었다.

특히나 지금 라이언처럼 사지가 멀쩡한 경우는 더더욱 찾아보기 힘든 케이스였다.

"열도전쟁이 3차 세계대전으로 번지고 난 후엔 프랑스 방어전투에 지원해서 싸웠습니다. 그곳에서 대부분의 전우를 잃고 종전 이후에는 곧장 고향으로 돌아왔지요."

"전사 중의 진짜 전사군요."

"저의 전우들에 비하면 저는 아무것도 아닙니다. 그저 전우들의 시체를 밟고 서 있는 정도밖에 안 됩니다."

그는 자신이 살고 있던 고향의 상황에 대해 상기해 냈다.

"전쟁이 끝나고 난 후 미시간에서 시작된 A바이러스가 순식간에 필라델피아까지 번졌습니다. 제 가족과 피앙세는 미처 피신하지도 못한 채 고향에서 걸어 다니는 시체 꼴이 되었습니다."

"유감입니다."

라이언은 고개를 푹 숙인 채 한숨을 내쉬었다.

"후우……. 언제 한 번은 아버지께서 한국군에 재입대해서 하얼빈 지역으로 이사를 가자고 했습니다. 그때 말을 들었더라면……."

"이미 지나간 일 아닙니까?"

"그렇긴 하지만……."

그는 찰나의 후회를 뒤로한 채 다시 말을 이었다.

"아무튼 가족과 친구를 모두 다 잃고 미셸과 단둘이 남게 된 후엔 쉬지 않고 뉴욕을 향해 달렸습니다. 이곳에는 방위군이 주둔하고 있으니 쉽사리 함락되지 않을 것이라고 생각했습니다."

"하지만 전염성이 뉴욕까지 집어삼켜 버린 것이군요?"

"네, 그렇습니다."

라이언이 도착했을 때엔 이미 뉴욕은 물론 워싱턴까지 전부 함락당한 이후였다.

이런 절망적인 상황에서 그가 할 수 있는 일이라곤 그저 발버둥을 치는 일뿐이었다.

"살아남기 위해서 엠파이어스테이트를 선택했습니다. 그리로 그곳에서 레이첼을 만나 제가 감염에 내성이 있다는 사실을 알아냈지요."

"내성이 있다는 사실은 까마득히 모르고 있었습니까?"

"전혀요. 지금까지 살아 있음을 감사할 뿐, 제가 왜 멀쩡한지에 대해선 생각해 본 적 없습니다."

그는 자신이 좀비들에게 반격할 수 있는 열쇠라는 사실에 흥분을 감추지 못했다.

"만약 제가 놈들을 쓸어버릴 수 있다면… 영혼이라도 팔겠습니다."

"영혼은 팔 필요 없고 그 복수심만 잘 간직하면 됩니다."

화수와의 면담이 거의 다 끝나갈 즈음, 그는 아주 흥미로운 얘기를 꺼내놓았다.

"그런데 말입니다, 이곳까지 오면서 특이한 것을 발견했습니다."

"특이한 것이요?"

"저 좀비들이 한 남자는 유독 물어뜯지 않고 그냥 내버려 두었습니다. 아니, 그를 따르는 것 같기도 했습니다."

화수는 라이언이 말하는 사람이 바로 좀비들을 강령시킨 사령술사임을 직감했다.

"어디였습니까? 그를 본 지역을 기억하고 있습니까?"

"아마도 뉴저지 크랜베리 타운쉽 인근 95번 고속도로를 지날 즈음이었을 겁니다. 도로 위에서 한 남자가 좀비들에 둘러싸여 있는 것을 보았습니다."

"으음, 그렇다면 이곳에서 그리 멀지 않은 곳에서 보았다는 소리군요?"

"네."

아마도 놈은 일부러 이곳으로 좀비들을 이끌고 와 뉴욕을 점령하려 한 모양이다.

이제 화수는 그를 사로잡아 이 끔찍한 악순환의 고리를 끊어내기로 했다.

"당신은 이 길로 당장 스위스 제네바로 가십시오. 그곳에서 연구를 도와주십시오. 당신의 혈청만 있다면 충분히 좀비들을 물리칠 수 있을 겁니다."

"알겠습니다. 저를 대신하여 놈들에게 화끈한 맛을 보여주십시오."

"이를 말입니까?"

화수는 그를 스위스로 보낸 후 곧장 백야함을 이끌고 남하
를 준비했다.

                    *   *   *

브룩클린에서 바다를 건너면 바로 닿을 수 있는 크랜베리
타운쉽 인근으로 한국군 공군력 2개 사단이 몰려들었다.

또한 화수가 직접 지휘하는 백야함이 공중에서 그들을 진
두지휘하며 사령술사를 찾기 위한 전투를 시작했다.

드론은 생존자를 찾아 돌아다녔고, 이곳에는 최종적으로
생존자가 없음을 확인했다.

그는 백야함에 있는 전투기와 드론을 모두 출격시켜 좀비
들을 쓸어버리기로 했다.

"폭격을 시작합니다."

"예, 장관님!"

화수의 명령이 떨어지자마자 마나융합포가 크랜베리 타운
쉽을 물들이고 있던 좀비들을 불태우기 시작했다.

쾅쾅쾅쾅!

"끄이에에에엑!"

그를 따라서 백야함에서 내린 전투기들이 빠른 속도로 목

표물을 사격했다.

─보이는 족족 모두 사살하라.

─양호.

프리징샷과 헬파이어 미사일이 온통 주변을 쑥대밭으로 만들 즈음 화수는 기묘한 광경과 마주했다.

갑자기 해안에 안개가 끼더니 한 치 앞을 바라볼 수 없는 지경에 이르게 된 것이다.

"장관님, 해무가 너무 짙게 끼어 시계가 부정확합니다!"

"그래도 폭격은 계속할 수 있을 겁니다."

"예, 알겠습니다!"

해무에도 굴하지 않고 계속해서 포격을 퍼붓던 화수는 이내 잠시 포신을 쉬도록 했다.

"잠시 사격을 중지합니다."

"예, 장관님."

바로 그때, 곧장 해무가 걷히더니 엄청난 숫자의 좀비가 다시 모습을 드러냈다.

"끄아아아아아악!"

"가, 감염자?!"

"도, 도대체 이게 어떻게 된……."

해무가 완전히 사라지자 약 10만의 좀비 사이로 한 사내가 자신의 얼굴을 당당히 드러냈다.

"자, 장관님! 사람이 있습니다!"

"확대해 봅시다."

"예!"

백야함에 달린 초정밀 카메라가 그의 얼굴을 자세히 줌인하여 화수에게 보여주었다.

"저 사람입니다."

'마족?!'

그는 지구에선 보기 드문 보라색 머리카락에 레몬색 눈동자를 가지고 있었다.

확실히 그는 이곳이 아닌 마계에서 온 것이 틀림없었다.

'도대체 마족이 무슨 이유로 이곳에 좀비를 강림시킨 것일까?'

마족들은 어지간해서는 타 차원을 침범하거나 직접 마물을 풀어 위해를 가하는 법이 없다.

그것은 천족이나 해당 차원의 신들이 노하여 그들과 전쟁을 일으키기 때문인데, 보통 마족들은 천족보다 세력이 약하게 마련이다.

때문에 그들은 자신을 대신하여 싸울 수 있는 인간들에게 강림하여 전투를 벌이곤 했다.

하지만 저렇게 대놓고 직접 모습을 드러내는 경우는 극히 드물었다.

일이야 어찌 되었든 저놈을 잡지 못하면 이 전쟁은 끝을 알
수 없었다.

"저 사내를 포획합니다. 전 병력을 다 투입해서라도 저놈
을 잡으십시오."

"예, 알겠습니다!"

화수는 직접 그를 잡기 위해 백야함을 움직였다.

*   *   *

스위스 제네바.

이곳 역시 A바이러스의 영향으로 인해 해안이 모두 통제된
상태였다.

그나마 화수의 입김이 없었다면 라이언 일행이 스위스까
지 들어올 수 없었을 것이다.

패전국 소속의 스위스이기 때문에 화수가 시키는 일이라
면 무엇이든 해야 한다.

전범 국가들을 다루는 법이 아직 정확하게 재정되기 전이
기에 이곳에서 화수는 거의 총독과 같은 수준이었다.

라이언은 제네바 질병연구소에 그녀들을 맡긴 후 자신의
혈액에 대한 혈청 연구를 의뢰했다.

질병연구소 뤼부른 소장은 감염자들의 혈액 샘플과 라이

언의 혈액 샘플로 실험을 해본 결과 그의 혈액에서는 아주 특이한 점을 발견했다.

뤼부른 소장은 라이언에게 의외의 얘기를 꺼내놓았다.

"혹시 자신의 혈액형에 대해 잘 아십니까?"

"그냥 RH+ A형이라고만 알고 있습니다."

"역시……."

그는 라이언에게 혈액의 정밀분석표를 보여주었다.

"혹시 당신이 ABO형이라는 사실을 알고 계셨습니까?"

"무, 무슨 형이요?"

"ABO형 말입니다. 정확한 학명으로는 CIS AB형이라고 부르지요."

"그게 무슨 말인지 잘……."

그는 CIS AB형에 대해 설명했다.

"원래 이건 동북아시아에서도 일본이나 한국에서만 발견되는 사례인데, 아주 특이하게도 당신에게서 이런 케이스가 발견되었네요."

뤼부른은 화이트보드에 혈액형의 구조를 그림으로 그렸다.

"보시는 바와 같이 AB형은 한쪽 염색체에 A형, 그리고 다른 한쪽에 B형 유전인자를 가지고 있지요. 하지만 당신의 경우엔 한 염색체에 A형과 B형이 함께 몰려 있습니다. 그리고 다른 한쪽에 O형의 염색체가 들어 있지요. 그렇기 때문에 아무리 검사를 많이 해도 혈액형이 정확하게 나오는 경우가 없지요."

"어쩐지……."

라이언은 지금까지 살아오면서 혈액형이 무려 세 번이나 바뀌었다.

다행히도 큰 수술을 할 일이 없었기에 망정이지 그렇지 않 았다면 큰일이 터졌을지도 모른다.

"아무튼 CIS AB형 중에서도 당신은 가장 희귀한 RH－입니다. 서양인에게선 아예 찾아볼 수 없는 혈액형이지요. 그런데 이 희귀한 피가 A바이러스에 대한 항체를 가지고 있습니다. 그 때문에 당신은 지금까지 감염되지 않고 버틸 수 있었던 것 이지요."

그의 말에 따르면 라이언은 세상에서 거의 찾아볼 수 없을 정도로 희귀한 혈액형을 가지고 있어 살아남았다는 소리다.

"더 자세한 것은 RH－ 혈액형을 가진 사람들을 대상으로 조사를 해봐야 알겠지만, 한 가지 확실한 것은 당신의 피가 이번 전염병에 대한 열쇠라는 것입니다."

정말 그가 스위스로 온 것은 전 세계적으로 보았을 때 아주 잘한 일이었다.

목숨을 걸어야 하는 리스크가 있었지만 결국에는 무사히 스위스까지 왔으니 이건 가히 하늘의 뜻이라고 봐야 할 것이다.

"당분간은 이곳에 계시면서 연구를 도와주십시오. 사례는 유엔에서 해줄 겁니다."

"그렇게 하겠습니다."

그는 연구소에 혈액 1리터를 뽑아주고 다시 숙소로 돌아갔
다.

＊　　　＊　　　＊

화수가 발견한 의문의 마족은 엄청난 숫자의 좀비를 이끌
고 와서 화수의 앞을 막아서고 있었다.

두두두두, 콰앙!

—제2편대, 탄약이 부족하다.

—여기는 제56포병여단, 이쪽도 마찬가지다.

벌써 일주일째 계속되는 폭격에도 불구하고 10만이던 좀
비의 숫자는 좀처럼 줄어들 생각을 하지 않았다.

브룩클린 끝자락까지 몰린 화수는 결사항전을 고수하며
탄약을 소비하고 있었지만 전혀 성과가 없었다.

급기야 그의 참모들은 후퇴를 종용했다.

"장관님, 이만 뉴욕을 버리시는 것이 어떨까 싶습니다."

"이런……."

"이대로 계속 버티다간 우리까지 감염되고 말 겁니다."

이제 남은 것은 기껏해야 소총탄과 박격포용 고폭탄 정도

이다.

더 이상 이곳에 남아 결사항전을 고수하는 것은 죽음을 자처하는 것이나 마찬가지였다.

'보통이 아닌 놈이군. 저 정도면 상위 계층의 마족일 텐데…….'

하루에 수십만의 좀비를 소집할 수 있을 정도의 마력을 가진 사령술사는 그 어디에도 존재하지 않는다.

또한 아무리 마족이라고 해도 저 정도의 좀비들을 소환할 수 있는 자가 그리 많지는 않을 것이다.

그러나 정작 화수 역시 인간이기 때문에 마족에 대해 아는 것이 그리 많지 않다는 것이 문제였다.

'별수 없군.'

오늘 이곳에서 조금 더 머물렀다간 분명 한국군 부대가 큰 타격을 입을 것이 뻔했다.

그는 이곳에 드론정찰기를 몇 대 남겨놓은 후 후퇴하기로 했다.

"일단 무인잠수함과 무인정찰기를 띄워놓고 본국으로 돌아갑니다."

"예, 알겠습니다."

길이 5미터의 무인잠수함은 드론비행선을 조종할 수 있는 마나코어와 생명 반응 센서를 탐지하고 있어 정찰에 특화되어 있다.

이것을 100대만 풀어놓아도 충분히 이곳을 모두 커버할 수 있을 것이다.

화수는 이곳에 정찰선만 놓곤 이내 한국으로 발걸음을 돌렸다.

*　　　　*　　　　*

미국에서 처음 발발한 A바이러스는 맥시코를 통하여 남미까지 마수를 뻗쳤으며, 위로는 알레스카까지 전염되었다.

한국군 군대가 자국령 알레스카에 방위군 5만을 주둔시키면서 더 이상 감염자가 넘어오지 않고 있었지만, 문제는 중남미에서 출발한 상선 한 척이 A바이러스에 감염된 채 유럽 대륙까지 넘어왔다는 것이다.

처음 바이러스가 상륙한 곳은 스페인이었는데, 이곳에서 최초 감염자가 보고되었다.

그 이후에는 단 이틀 만에 스페인은 물론이고 포르투갈까지 잠식되어 무정부 상태가 되었다.

서유럽 연합은 함대를 구성하여 감염자들을 소탕하고 있었지만, 이들의 군대만으로는 도저히 본토를 복구하기가 불가능했다.

결국 이들은 한국군에게 지원을 요청했지만, 이들의 파상 공세를 막아낼 도리가 없었다.

프랑스 서부 감염자 지역 방어선.

이곳에 한국군 제7함대가 주둔하고 있었다.

7함대 사령관 장성만 중장은 두 눈으로 상황을 지켜보고 있으면서도 도저히 그것을 믿을 수가 없었다.

사람이 사람을 뜯어 먹는 질병이 있다는 소리는 태어나 처음 들어보기 때문이다.

"저게 말이 되는 것인가. 사람이 사람을 잡아먹다니⋯⋯."

"제독, 지금 연안을 따라 5만의 감염자가 추가로 몰려오고 있습니다! 어떻게 할까요?!"

한국 본토에서는 감염자들을 모두 사살하라는 명령을 내렸지만, 장성만은 도저히 그렇게 할 용기가 없었다.

"⋯후퇴하라."

"예?! 그렇게 되면 프랑스가⋯⋯."

"저들도 사람이다. 병에 감염된 환자들이란 말이다. 아무리 프랑스 국민이 중요하다고 해도 스페인과 포르투갈 사람들 역시 우리의 동맹이다. 저렇게 무참히 살해할 수는 없어."

"하, 하지만⋯⋯!"

"명령이다! 함대를 뒤로 물리고 드론을 다시 회수한다!"

"예, 제독."

병사들을 물리는 그에게로 프랑스 함대에서 연락이 날아들었다.

[치이익……!]

—제독! 지금 뭐 하는 겁니까?! 당신들이 빠지면 남부해안은 누가 지킵니까?!

"어쩔 수 없습니다. 나는… 무차별적인 살육을 벌일 수 없습니다."

—뭐, 뭐요?! 지금 강화수 장관께 대해 항명하겠다는 겁니까?!

"그 죄는 내가 받겠습니다. 미안합니다."

—제, 제독!

분명 화수는 이곳에서 결사항전을 불사하고 싸우라고 명령했다.

이것은 대통령이 내린 결단이기도 했고, 국회와 서유럽 연합 대표들의 뜻이기도 했다.

또한 남은 생존자들 역시 감염자들을 죽여 달라고 간곡히 요청하고 있다.

그럼에도 불구하고 군에 항명하고 독단적으로 행동했다는 것은 도저히 있을 수가 없는 일이었다.

그의 부관과 참모들은 무릎까지 꿇으며 애원했다.

쿵!

"제독! 다시 한 번 생각해 주십시오! 이대로라면 프랑스 국민은 다 죽습니다!"

"부디 명령을 거둬주십시오!"

하지만 그는 고개를 가로저었다.

"안 된다. 우리는 생명을 지킬 의무가 있다. 저들도 생명이니 죽일 수 없다."

"제독! 제독께선 저 정신 나간 시체들이 보이지 않습니까?! 죄도 없는 사람들을 무참히 살해하고 그 살과 내장을 파먹는 놈들입니다! 아무리 감염이 되어 정신이 나갔다곤 해도 사람을 죽이는 사람을 살려둔다는 것이 말이나 됩니까?!"

"이런……!"

장성만은 급기야 자신의 부하들에게 총을 겨누었다.

철컥!

"제, 제독!"

"명령이다! 다시 한 번 나에게 항명하면 이 자리에서 즉결처분하겠다!"

부관과 참모들은 눈물을 머금고 후퇴를 명령했다.

"…전 병력, 후퇴한다."

─입감. 전 함대 후방으로 전력을 물린다.

─뭐라고?! 지금 무슨 소리인가? 죽어가는 사람들이 보이

지 않는가?!

　─명령이다…….

　─미쳤군! 산 사람은 살아야 하지 않겠나?! 10분의 시간이
라도 준다면…….

　─명령이다! 명령이란 말이다!

　─제기랄!

　산 사람을 두고 후퇴하는 그들의 마음속에는 점점 피멍이
들어가고 있었다.

4장

이기심

    제7함대 후퇴 후, 프랑스는 무려 3분의 1이나 되는 영토를 감염자들에게 빼앗기고 말았다.

    또한 남부해안을 따라 유럽 전역으로 퍼져 나간 A바이러스는 벌써 전 유럽의 인구 3분의 1을 궤사시켰다.

    한국군은 이 모든 책임을 정상만에게 물 수밖에 없었다.

    분명 평양 사령부에선 그에게 결사항전을 명령했고, 병사들과 장교들 또한 생존자들을 지키기 위해 악전고투를 마다하지 않았다.

    하지만 그는 자신의 판단만 믿고 병사들을 이끌고 후방으로 피신해 목숨을 건질 수 있었다.

그를 한국으로 소환하여 책임을 물었을 때엔 모든 혐의가 기억나지 않는다고 자백했다.

이에 한국군은 물론이고 전 세계 사람들은 그를 범지구적인 역적이라고 손가락질하며 욕했다.

화수는 그를 군사재판에 넘겼지만 재판이 시작되기도 전에 정상만은 구치소에서 목을 매어 자살했다.

이로써 유럽은 물론이고 전 세계는 다시 한 번 전란에 휩싸이게 되었다.

서유럽 국가들은 국민을 배에 실어 안전 구역인 아시아로 피신시켰고, 해당 국가들은 피난민 대기소를 마련하고 식량을 보급했다.

하지만 전란이 끝난 지 얼마 되지 않은 터라 물과 식량은 극도로 부족한 상황이었다.

일본 가나자와 피난민 수용소.

이곳에는 무려 150만에 달하는 난민이 수용되어 있었다.

—1차 배식이 시작됩니다. 피난민은 줄을 서서 기다려 주십시오.

"머, 먹을 것이다!"

"와아아아아아아아!"

배고픔에 눈이 뒤집혀 버린 난민들은 일본군 배급관들에게 달려들었고, 급기야 일본군은 난민들을 통제할 수 있는 힘을 잃고 말았다.

"빵을 내놔!"

퍼억!

"꺄아아아악!"

"사람 살려!"

감염자들과 함께 뒤섞여 죽어가던 현장과 별다른 차이가 없어 보일 정도였다.

일본군 배급 총괄장교 카자마 메이시마는 자신의 주머니에 들어 있던 권총을 꺼내 들어 탄환을 장전했다.

철컥, 타앙!

"꺄악!"

"뭐, 뭐야?!"

순간 장내는 쥐 죽은 듯이 조용해졌고, 카자마 메이시마는 단상에 올라 자신의 목소리를 전파할 수 있었다.

"음식은 충분합니다! 그러니 서두르지 말고 기다리십시오! 당신들이 이렇게 감염자들처럼 날뛰면 우리가 당신들을 도와줄 수 없지 않습니까?!"

"……."

"살고 싶다면 서로 뭉치십시오! 이대로 죽을 수는 없는 노룻 아닙니까?"

그제야 난민들은 흥분을 가라앉히고 차례대로 배식대 앞
에 줄을 서기 시작했다. 이윽고 병사들은 차례대로 난민들에
게 음식을 나누어 주었다.

일본 난민수용소를 찾은 화수에게 일본군 참모총장 마사
무네 미시마는 도저히 더 이상은 자신이 없다는 듯이 말했다.

"이젠 우리가 어쩔 수 있는 지경이 아닙니다. 저들을 모두
수용하자면 엄청난 노동력은 물론이고 천문학적인 식량이 들
어갑니다. 더 이상 사람들을 수용했다간 그나마 산 사람들까
지 죽을 판입니다."

"흐음……."

그나마 러시아 동토지대에서는 어업이나 수렵으로 생계를
꾸릴 수 있지만, 그마저도 원주민들에게 피해가 가기 때문에
쉽사리 시도할 수가 없었다.

화수는 이 사태를 도대체 어떻게 헤쳐 나가야 할지 막막하
기만 했다.

그래도 자신의 기술력으로 한국이 세계 지도국 반열에 올
랐으니 책임을 져야 마땅했다.

"일단 한국군에서 지원을 해드릴 테니 버틸 수 있는 데까
지 버텨보십시오. 제가 난민들을 수용할 수 있는 방안을 마련

해 보겠습니다."

"예, 알겠습니다."

섬나라는 전염병에 대한 불안감이 극도로 큰 만큼 대륙에서 전염되어 올 확률이 적다.

이제 화수가 취할 수 있는 것은 동남아와 오세아니아로 눈을 돌리는 길뿐이다.

*   *   *

동남아시아 산림을 훼손하는 행위는 지구의 산소량을 극도로 줄이는 일이지만, 이미 미국을 비롯한 초대형 경제대국이 모두 기반시설을 잃었기 때문에 큰 문제는 되지 않을 것이다.

화수는 동남아시아 지역에 넓게 분포한 산림지대를 허물고 그곳에 난민을 수용할 수 있는 방안을 추진하기로 했다.

그는 필리핀과 인도네시아, 베트남 등 동남아시아 전 국가에게 양해를 구하여 난민수용소를 건립하기 위한 벌목을 시작했다.

마나코어를 장착한 자동 벌목 기계들은 넓은 산을 돌아다니면서 잡목들을 베어내고 거목은 그대로 남겨두어 사람이 살 수 있는 환경을 조성했다.

거목을 모두 베어버리면 그나마 산이 모두 다 죽어버리기 때문에 내린 결정이다.

화수는 잡목들을 모두 한곳에 모아 건축 자재로 사용할 수 있는 것만 추려서 난민 캠프로 보냈다.

그리고 오세아니아에서 들여온 철광석과 석회석으로 집을 짓고 한 가구가 1년 동안 먹고살 수 있는 땅을 분양하기로 했다.

가족 구성원에 따라 농작물을 경작한 가정은 그것으로 자급자족을 하는 대신, 1년에 한 번씩 해당 국가 정부에 세금을 내야 한다.

이것으로 그들은 유럽에서 동남아로 국적을 바꾸게 되었다.

하지만 이렇게 남의 땅에 더부살이를 시켜놓고 보니 문제가 발생하기 시작했다.

그동안 인종 차별을 받아오던 동남아 사람들이 난민들을 핍박하기 시작한 것이다.

시장으로 곡식을 팔러 나온 아낙들을 무차별적으로 강간하고도 처벌을 받지 않는다든가, 약탈과 강도 행위를 밥 먹듯이 자행한 것이다.

그럼에도 불구하고 해당 국가들은 대거 병력을 동원하거나 치안 유지에 큰 신경을 쓰지 않았다.

이 소식은 화수의 귓전에까지 들려왔다.

베트남 하노이에 위치한 한국군 동남아지부.

이곳으로 유럽 국가 난민들의 편지가 도착했다.

그는 편지의 내용을 모두 읽고 나선 곧장 베트남 국가주석을 찾아갔다.

국가주석 하쿠나 망콩은 상당한 유감을 표했다.

"이건 베트남 내부의 문제입니다. 더 이상 개입하신다면 우리는 난민을 수용하지 않겠습니다."

"하지만 인권을 침해하는 것은 중대한 위법 행위입니다. 저들은 정당하게 세금까지 지불하는데 국가에서 지켜주지 않는다는 것이 말이나 됩니까?"

"그래도 어쩔 수 없습니다. 우리도 자국민을 포용하고 나라를 꾸려 나가야 하지 않겠습니까? 전란이 끝난 지도 얼마 되지 않았는데 자국민을 핍박할 수는 없습니다."

화수는 필요할 때만 동맹을 맺었다가 필요가 없어지면 가차 없이 끊어버리는 베트남의 외교 전술이 상당히 불합리하다고 생각했다.

엄연히 따지면 이곳은 전범 국가이기 때문에 그에 합당한 처벌을 받아야 마땅했다.

하지만 서유럽 연합은 약소국이던 동남아시아 국가들에 대해선 상당히 관대한 벌을 내려야 한다고 주장했다.

그로 인해 화수는 해당 국가들에게 큰 배상금이나 책임을 묻지 않았던 것이다.

　그는 망콩 주석에게 아주 낮은 목소리로 말했다.

　"당신들이 남북으로 찢어지지 않은 이유가 뭔지 아십니까? 그건 바로 서유럽 국가들의 탄원 덕분이었습니다. 그렇지 않았다면 지금쯤 이곳은 전부 한국군이나 미군정이 장악했을 겁니다."

　"그건……."

　"잘 생각하십시오. 당신들이 한국군 연합에 계속 소속되어 있을 수 있는 조건이 무엇일지."

　만약 화수가 이곳에서 병력을 물리고 철수한다면 베트남은 더 이상 한국의 동맹국이 아닌 상태가 되어버린다.

　그렇게 되면 지금 한국이 동맹의 명목으로 삭감해 둔 부채가 눈덩이처럼 불어나고 말 것이다.

　망콩 주석은 분하다는 듯이 말했다.

　"아무리 그래도 자국의 피해를 감수하면서까지 난민을 수용한다는 것이 말이나 됩니까?! 장관님께서도 참 너무하시는군요!"

　"그렇다고 동맹국의 난민들을 모른 척하십니까? 처음 주석께서 세금을 걷는 조건으로 난민들을 수용할 수 있다고 말씀하시지 않았습니까? 그런데 왜 지금 와서 번복하시는 것인지 모르겠군요."

"그거야…….."

"더 이상 이기적인 행동은 그만해 주시지요. 계속 이런 식이라면 당신들의 국가에 위기가 닥쳤을 때엔 우리가 발을 뺄 수밖에 없어요."

망콩은 더 이상 자신의 이익만 챙길 수 없다는 것을 깨달은 모양인지 깊은 한숨을 내쉬었다.

"후우……. 좋습니다. 어쩔 수 없지요."

"그래요, 잘 생각하신 겁니다."

두 사람은 다시 손을 맞잡았고, 베트남은 더 이상 이주민들을 핍박하지 않을 것이다.

*　　*　　*

스위스 제네바 국경지대.

이곳에 동부유럽의 연합군 군사력 50%가 모두 집중되어 있다.

그들은 끝도 없이 밀려드는 A바이러스 감염자들, 통칭 '좀비' 들과 사투를 벌이고 있었다.

두두두두두!

묵직한 총성이 여기저기에서 들려오는 가운데, 스위스 전선 우측이 좀비들에 의해 무너지고 말았다.

"끼에에에에엑!"

"이런 빌어먹을!"

병사들은 전선을 넘어오는 좀비들을 막아내기 위해 탄약을 있는 대로 쏟아붓고 있었지만 여전히 그 숫자는 줄어들 생각을 하지 않았다.

그런 가운데 첫 감염자가 발생하고 말았다.

우드드득!

"중대장님!"

"쿨럭쿨럭!"

그는 스위스 제45보병사단 장교 대위 스찰튼이었다.

스찰튼은 전선의 중앙을 지휘하던 중대장으로, 꽤나 뛰어난 임기응변과 전술을 구사하던 사람이다.

하지만 이제 그는 손가락을 감염자들에게 물어뜯기면서 새로운 좀비 대열에 합류하게 되었다.

"끄이에에에에엑!"

"제기랄!"

부하들은 변해 버린 중대장을 사살하려 했지만 이미 늦은 후였다.

"크아악!"

뚜두둑!

"으아아아악! 내, 내 다리!"

"젠장!"

다리를 물린 병사는 그 자리에 쓰러져 13초 안에 좀비화되어 또 다른 피해자를 만들어냈다.

"크아아악!"

쫘드득!

"커흑!"

통칭 좀비바이러스라고 부르는 이 A바이러스는 13초 안에 사살하지 못하면 상대방을 같은 좀비 상태로 만들어 버린다.

이런 감염력은 사상 최악이었으며, 아무리 방비를 단단히 한 병사라고 해도 감염에서 자유로울 수가 없었다.

온몸을 고무로 단단히 동여매도 분명 빈틈은 있었고, 좀비들은 그것을 아주 집요하게 파고들었다.

때문에 아무리 많은 병사를 투입해도 결과는 크게 달라지지 않았다.

아니, 오히려 방비가 제대로 안 된 군인들이 투입되는 바람에 좀비의 숫자만 늘리는 일이 되고 말았다.

순식간에 중대 하나가 좀비로 변하여 대대원들을 습격하기 시작했다.

"캬아아아악!"

"이런 미친……! 우리는 네 동료다!"

타앙!

한 차례 경고 사격을 가한 병사들은 도저히 말을 듣지 않는 2중대원들을 사살하기 시작했다.

두두두두두두!

퍽퍽퍽퍽!

여기저기에서 탄환이 빗발쳤지만 정확하게 머리를 맞추는 사람은 그렇게 많지가 않았다.

고통을 느끼지 못하는 좀비들에게 총알을 퍼부어봤자 머리를 맞추지 못하면 그저 총알 낭비에 지나지 않았다.

그들은 엄청난 맷집을 무기로 하여 병사들을 압박했다.

"이런 빌어먹을! 대대장님! 이대론 우리 대대가 모두 전멸하고 맙니다!"

대대 작전장교의 조언에 대대장은 이를 악물고 후퇴할 것을 명했다.

"…후퇴한다! 지금 즉시 모든 대대원은 후퇴하라!"

"예, 대대장님!"

아무리 전선이 중요하다고 해도 수십만에 달하는 좀비를 상대한다는 것은 말도 안 되는 일이었다.

지금 2중대원들이 변한 것은 극히 일부분에 불과했으며, 전선을 뚫고 들어오는 좀비의 숫자는 점점 늘어갔다.

55연대 3대대의 후퇴로 인하여 전선은 점점 더 뒤로 밀려

났으며, 사단은 결국 전선을 버리고 제네바를 포기할 수밖에
없었다.

＊　　　＊　　　＊

제네바 시가지.

급히 피난을 준비하던 시민들은 엄청난 속도로 밀려드는
감염자들을 피해 몸을 숨기기에 바빴다.

"캬아아아아악!"

"흑흑, 살려주세요!"

제네바 바스띠옹 공원은 이미 좀비 천지였으며, 사람들은
자신의 지인들이 뜯어 먹히는 광경을 바라보며 발만 동동 구
를 뿐이었다.

하지만 걱정도 잠시, 그들은 이제 자신 혼자 남았음을 직감
했다.

"언니……."

"끼엑?"

자신을 끔찍하게 챙기던 그녀는 이제 더 이상 언니가 아닌
한 마리의 좀비에 불과했다.

하지만 동생은 언니를 떠나지 못하고 그저 그 곁을 맴돌았
다.

그러나 그 연민은 자신의 목숨을 위태롭게 만드는 일을 초래할 뿐이었다.

"흑흑, 언니!"

"끼에에에엑!"

정신은 물론이고 영혼까지 병들어 버린 그녀는 자신의 친동생을 물어뜯기 위해 손을 뻗었다.

그러자 동생은 그제야 정신을 차리고 언니를 피해 달아나기 시작했다.

"흑흑! 사람 살려!"

"끼에에에엑!"

그녀는 자신의 눈앞에 보이는 사람을 모두 음식이라고 인식하여 미친 듯 달려들고 있었다.

운이 좋게도 공원을 가로지르던 그녀는 다른 사람과 몸이 부딪치면서 표적이 바뀌었다.

"허억, 허억! 이런 빌어먹을!"

"끼에에에엑!"

덕분에 목숨을 건진 동생은 경찰서로 전력을 다해 달렸다.

"흑흑, 도와주세요!"

하지만 경찰서 역시 사정은 마찬가지였다.

"캬아아악!"

경찰복을 입은 사람들 역시 모두 좀비로 변하여 주변의 동료들을 뜯어 먹고 있었다.

그런 가운데 그녀를 지켜줄 수 있는 사람은 그 어디에도 없었다.

"흑흑……."

홀로 남은 그녀는 급기야 그 자리에 주저앉아 눈물을 흘리기 시작했다.

그리고 그런 그녀에게 수많은 좀비가 득달같이 달려들었다.

"크아아악!"

우드드득!

"흑흑!"

팔다리가 뜯기고 내장 조각이 사방으로 튀어 다니는 동안에도 그녀는 울음을 멈추지 않았다.

이윽고 그녀는 자신의 바로 옆에 버려져 있는 권총을 발견했다.

철컥.

그녀는 자신이 저들과 똑같은 좀비가 되느니 차라리 머리를 쏘아 사람으로 죽겠노라 다짐했다.

그리고 그 다짐은 아주 신속하게 행동으로 이어졌다.

타앙!

"……."

머리가 터지면서 그녀의 몸은 더 이상 좀비로 변할 수 없는 조건이 되었다.

하지만 그녀의 몸은 좀비들의 먹이가 되어 뼈가 앙상하게 남을 때까지 뜯기도 또 뜯겨 나갔다.

*　　　　*　　　　*

서유럽 방어선이 프랑스에서 스위스까지 밀리면서 난민의 숫자는 점점 더 늘어갔다.

그러던 와중에 스위스 제네바에도 서서히 A바이러스의 위협이 마수를 뻗쳐왔다.

스위스 질병연구소는 특히나 이 A바이러스에 대한 피해가 막심했는데, 이곳에는 방위를 위한 주둔군이 상비하고 있지 않았기 때문이다.

이에 질병연구소는 모든 기반시설을 배에 실어 레만호로 대피하기에 이르렀다.

레만호 줄기를 따라 혼느강까지만 이동한다면 이들은 충분히 살아서 한국까지 갈 수 있을 것이다. 하지만 그 여정이 쉽지만은 않았다.

제네바 질병연구소 안.

총 네 개의 동으로 나누어진 연구소를 잇는 구름다리에 10명의 연구원과 5명의 생존자가 함께 달리고 있었다.

"허억, 허억……!"

"쉬지 말고 달려요!"

이들을 이끄는 사람은 다름 아닌 라이언이었다.

그는 무려 2주일 동안 하루도 빼놓지 않고 피를 뽑아주었고, 그로 인해 연구는 약 50%가량 진행된 상태였다.

이제 조금만 더 기다리면 치료제가 개발될 수도 있는 상황에서 어처구니없이 프랑스 저지선이 무너진 것이다.

때문에 그는 프랑스 전선이 무너질 때부터 꾸준히 짐을 챙겨 간신히 지금 도망을 칠 수 있었던 것이다.

만약 그의 선견지명이 없었다면 이 사람들은 아마 감염자가 되어 생고기를 찾아다니고 있을지도 모른다.

그는 연구병동에서 데리고 온 생존자들까지 전부 책임지고 있었다.

자신의 몸 하나도 간수하기 힘든 상황에서 다른 사람들까지 챙긴다는 것이 결코 쉬운 일은 아니지만, 인류의 생존을 위해선 반드시 해야 할 일이었다.

지금 질병연구소의 학자들 대부분이 A바이러스에 감염되어서 연구를 진행시킬 사람 자체가 없었다.

만약 이들 열 명의 박사마저 죽어버린다면 영원히 A바이러스는 치료되지 않을지도 모른다.

"얼마 남지 않았습니다! 어서 달려요!"

"허억, 허억……."

그러나 문제는 이들이 평생 동안 운동이라곤 숨 쉬기밖에 안 해온 약골이라는 것이었다.

학자들은 머리로 먹고사는 사람들, 라이언과는 근본적으로 전문 분야가 다를 수밖에 없었다. 때문에 체력이 약한 것은 당연한 일이었다.

"이, 이러다 좀비에게 물리기도 전에 죽겠어요!"

"그렇지만 쉴 시간이 없습니다. 지금 이곳을 탈출하지 못하면 우린 모두 다 죽습니다."

"그렇지만……."

라이언은 도저히 움직일 수 없다는 그에게 등을 내밀었다.

"좋습니다. 그럼 업혀요."

"네, 네?"

"업히라고요. 이대로 죽을 수는 없는 노릇이니 내가 당신을 업고 뛰겠습니다."

"하지만 아무리 근력 좋은 당신이라고 해도 그건 무리입니다."

"무리가 될지 안 될지는 내가 결정합니다. 일단 업혀요."

"그래도 그렇지……."

두 사람이 걷고 업히는 것으로 실랑이를 벌이고 있을 때다.

쿵쿵쿵!

"어, 어어어어……?!"

"문이 열릴 것 같아요!"

구름다리를 건너기 위해 임시로 막아놓은 출입구가 감염자들에 의해 뚫릴 위기에 처한 것이다.

라이언은 더 이상 시간을 지체할 수 없다는 것을 본능적으로 느꼈다.

"젠장! 여기서 죽을 겁니까?!"

"아, 아니요……."

"그럼 달려요!"

그는 전력을 다해 달리기 시작했고, 불과 3초도 채 지나지 않아 문이 뚫리고 말았다.

콰앙!

"끄이에에에엑!"

"허, 허억!"

"뒤를 돌아보지 말아요! 그냥 계속 달려요!"

미친 듯한 속도로 달려오는 감염자들을 피해 복도 끝에 도달한 라이언은 굳게 닫혀 있는 문을 열었다.

쿵!

"크르르릉……."

"어, 어라?"

반대편 입구를 연 라이언의 앞에는 엄청난 숫자의 좀비들이 동면 상태로 대기하고 있었다.

그러다 그가 문을 여는 바람에 자극을 받고 깨어나려 했다.

"끄이이이이……."

"이런 말도 안 되는 일이……!"

"어떻게 하죠?!"

라이언은 자신의 뒤를 바짝 따라온 좀비들을 바라보며 어쩔 수 없는 결단을 내렸다.

"뛰어내립시다."

"뭐, 뭐라고요?"

"이곳은 2층입니다. 뛰어내린다고 해도 죽지 않아요."

"그, 그렇지만……."

"죽을 겁니까, 살 겁니까?"

"……."

대답을 들을 시간도 없다는 것을 잘 알고 있던 라이언은 그 즉시 생각을 행동으로 옮겼다.

"흐어업!"

쨍그랑!

복도에 놓여 있던 소화기로 창문을 깨뜨린 라이언은 빈 땅을 향해 무작정 몸을 날렸다.

그러자 그의 몸이 허공을 부유하여 이내 파라솔 위로 떨어져 내렸다.

퉁!

"사, 살았다!"

이윽고 그는 다른 생존자들에게 뛰어내릴 것을 종용했다.

"어서 뛰어내려요!"

"에잇, 나도 모르겠다!"

어차피 죽을 몸이라면 뛰어내려 다리가 부러지는 편이 나을 것이다.

생존자들은 최대한 멀리 뛰어 라이언이 서 있는 곳에 간신히 닿았다.

하지만 유난히도 몸이 약한 연구원 라이나가 착지를 잘못하며 땅 아래로 떨어져 내렸다.

쿵!

"꺄아아아악!"

그녀는 맨땅에 낙법도 없이 뛰어내려 발목이 부러진 것 같았다.

라이언은 그녀를 보자마자 파라솔에서 내려왔다.

"괜찮아요?!"

"라, 라이언!"

그는 일행에게 트레일러 열쇠를 건네며 말했다.

"이것을 타고 선착장까지 가세요! 어서요!"

"하, 하지만……."

"어서요! 시간이 없습니다!"

"흑흑, 라이언……."

"나는 괜찮아! 그러니까 어서 가!"

라이언은 다친 사람을 차마 외면할 수 없어 생존의 기회를 과감히 버린 것이다.

그는 자신의 목에 걸려 있는 펜던트를 벗어 미셸을 향해 집어 던졌다.

"이것을 받아! 나를 대신해서 네가 가지고 있어줘!"

"라이언……."

"어서 가! 베니스에서 만나자고!"

"으, 웅……."

바닥에 쓰러져 있던 그녀를 들쳐 업은 라이언은 이내 감염자들을 피해 달리기 시작했고, 남은 일행 또한 베니스를 향해 달리기 시작했다.

*　　　*　　　*

한국 본토로 돌아온 화수는 전열을 가다듬어 다시 유럽으로 진군할 준비를 꾸리기로 했다.

전쟁 이후에는 제작하지 않던 전투기를 다시 만들고 전함 또한 손수 제작하여 개량하기로 했다.

샤넬리아는 지금 이 사태를 맞이하여 화수가 할 수 있는 것은 무력을 키우는 것뿐이라고 생각했다.

그래서 좀비들을 더욱 효과적으로 말살할 수 있는 무기들을 개발하고 있었다.

그녀는 언데드들의 특성상 화학무기보다는 화력전으로 싸움을 이끌어 나가는 것이 좋겠다고 생각했다.

그래서 개발한 것이 바로 헬파이어 유탄이었다.

헬파이어 마법이 걸린 유탄은 직경 500미터 안에 있는 모든 적을 무려 5분 안에 말살시킬 수 있는 효과를 가진다.

한 구역을 헬파이어가 장악하게 되면 지성이 없는 언데드들은 뜨거운 줄도 모른 채 줄줄이 죽어나갈 것이 분명했다.

겁이 없다는 것은 분명 장점이지만, 그것은 죽을 확률이 더욱 높아진다는 소리이기도 했다.

그래서 그녀는 죽음을 불사한 채 달려드는 좀비들을 손쉽게 제거하려는 것이다.

과연 이것이 전장에서 어떤 효과를 발휘할지는 모르지만, 전 세계 모든 군대가 이 유탄을 쌍수를 들어 반기고 있다는 것은 틀림없는 사실이었다.

헬파이어 유탄을 만들 수 있는 생산 시설들은 모두 화수의 조언대로 설비들을 개조하여 동일한 제원의 무기를 생산하기에 이르렀다.

화수는 헬파이어 유탄을 무상으로 보급하는 한편, 한국군 군대를 또다시 전 세계로 파견하기로 했다.

지금 이 사태는 전쟁에 직면한 그때보다 훨씬 더 시급했기 때문에 돈 자체가 의미를 잃어버렸다.

생존을 위해 이득을 배분한 것은 어쩌면 가장 효과적인 전략이 될 것이다.

그는 동원 가능한 상선을 전부 가동시켜 전선으로 유탄을 실어 날랐다.

그리고 결국에는 전 세계 모든 국가를 하나로 묶어 좀비에 대항할 수 있는 군대를 조직하기에 이르렀다.

사람들은 이 동맹의 수장으로 한국군 국방부장관인 화수를 내정했다.

3차 세계대전을 종결시킨 그가 지휘봉을 잡게 되면서 군대는 높은 사기를 유지할 수 있게 되었다.

하지만 문제는 전 세계 인구의 3분의 1이 좀비로 변해 버려 막아야 할 곳이 너무나 많다는 점이었다.

이에 화수는 드론모선인 백야함급 비행선을 추가로 제작하여 전선에 하나씩 배치했다.

이를 조종하는 것은 한국군 장교와 병사들로 채워질 것이고, 이들을 총괄하는 사람은 화수 한 사람이다.

그러니까 국방부장관 예하에 직속부대가 생겨나게 된 것이다.

현재 두 대의 드론모선이 운용되고 있었으며, 10기의 비행정이 공정을 거치고 있었다.

그는 백야함을 이끌고 서유럽 전선으로 투입되어 연합군을 총괄하고 있었다.

스위스 제네바 전선을 확보하기 위해 병력을 집중시킨 화수는 질병연구소의 상황에 대해 수소문했다.

그러나 그 결과는 참혹하기 그지없었다.

"전멸이랍니다."

"전멸이라니, 도망친 사람이 한 명도 없다는 겁니까?"

"확실한 것은 스위스를 점령하고 나봐야 알겠지만, 현재로선 생존자를 찾아보기가 힘듭니다."

"이런……."

그가 알기로 라이언은 인류의 희망이나 마찬가지였다.

만약 그가 없다면 치료제의 개발이 불가능해지는 것이니 현재의 상태론 좀비들을 막아내다 전선이 고착될 것이다.

한마디로 지구의 3분의 1을 좀비들에게 내어준 상태로 지내야 한다는 소리였다.

그는 부관 중 한 명인 김성환 중장에게 특수부대 조직을 지시했다.

"한국군 특수부대를 비롯한 전 세계 최고의 특수부대에 공문을 보내십시오. 최고 중의 최고만을 선별하여 라이언 중사를 찾으라고 말입니다. 만약 그가 죽었다면 시신이라도 구해 와야 합니다."

"알겠습니다. 지금 당장 공문을 보내겠습니다."

전 세계 특수부대 중 상위 0.1%를 선별하면 곧장 전장에 투입될 것이다.

이제 그가 믿을 것이라곤 라이언의 생존 능력뿐이다.

'제발 살아 있기를……'

신에게 모든 것을 맡긴다는 표현은 이럴 때 쓰라고 있는 모양이다.

5장

도망자

스위스 제네바 성벨의 히유가.

이곳에는 엄청난 숫자의 감염자가 싱싱한 먹이를 찾아 돌아다니고 있었다.

"크르르릉……."

하지만 어지간한 사람들은 이곳을 떠났거나 감염자로 돌변했기 때문에 딱히 먹을거리는 찾기 힘들었다.

때문에 대부분의 감염자, 그러니까 좀비들은 잠시 동면 상태로 접어들었다.

무리하게 돌아다녀 신체의 영양분을 소비하는 것보다는

동면 상태로 들어가 생명력을 유지하는 편이 낫기 때문이다.

이것은 좀비들이 오래도록 살아남을 수 있는 비결이며, 아직도 서유럽 깊숙한 곳에서 좀비들이 집단 폐사를 겪지 않을 수 있는 이유이다.

지금 그들은 오로지 소리에만 반응하며 딱히 자극을 주지 않으면 움직이지 않는 상태가 되었다.

라이언은 그들의 이런 특성을 이용하여 히유가에 위치한 고저택에 숨어들 수 있었다.

이미 일가족이 모두 좀비로 변해 버린 이후였지만, 그 수가 얼마 되지 않아서 처리하는 데 큰 문제는 되지 않았다.

하지만 지금 라이나의 상태가 그다지 좋아 보이지 않았다.

"으으으윽……."

"발목이 많이 부었군요. 아무래도 발목이 돌아가면서 복합 골절을 일으킨 모양입니다."

"…고칠 줄 알아요?"

"이론은 압니다. 실제로 발목이 돌아간 전우를 치료해 본 경험도 있고요."

"그럼 해주세요."

그는 고개를 가로저었다.

"비명을 지르지 않을 자신 있어요?"

"그, 그건……."

"지금 발목을 제대로 끼워 맞추면 말로는 도저히 형용할 수 없을 정도로 극심한 고통이 찾아올 겁니다. 그렇다고 제대로 된 마취제를 찾을 수도 없고요."

라이언은 전장에서 쌓은 풍부한 지식을 이용하여 전우들을 치료하거나 자가 치료를 해본 경험이 있었다.

하지만 그것은 임시방편이기 때문에 몸이 약한 그녀에게 시전하기엔 무리가 있었다.

그러나 그녀는 결연한 의지를 보였다.

"어차피 이 몸으론 얼마 못 가서 죽어요. 차라리 내가 입에 채갈을 물고 버티는 한이 있어도 치료를 받겠어요."

"자신 있습니까? 행여나 소리를 조금이라도 지르면 감염자들이 벌 떼처럼 달려들 겁니다."

"…할 수 있어요."

155㎝의 작은 체구의 라이나이지만 그 강단은 190㎝의 건장한 남성 못지않은 듯했다.

라이언은 그녀의 의견을 따르기로 했다.

"좋습니다. 당신의 발을 제대로 맞추고 깁스를 하기로 합시다."

"후우……."

깊게 심호흡을 한 그녀가 주변을 두리번거리며 물었다.

"술은 마셔도 되지요?"

"그럼요."

그는 찬장을 뒤져 40도가 넘는 보드카와 스카치위스키를 찾아냈다.

"이것이라면 충분히 취할 수 있을 겁니다."

"그래요. 고마워요."

라이나는 떨리는 손으로 보드카와 스카치위스키를 연거푸 마셨다.

꿀꺽꿀꺽!

"크, 크흡!"

"이제 본격적으로 준비하겠습니다."

"네……."

이내 그는 주변에서 부목으로 쓸 만한 나무와 압박붕대를 찾아 시술을 준비했다.

"마음 독하게 먹어요."

"물론이죠."

그녀는 자신의 입에 양말을 쑤셔 넣은 후 그 앞을 오리털 베개로 막았다.

"그럼 시작합니다. 준비하세요."

"우웅……."

라이나는 눈을 질끈 감았고, 라이언은 그녀의 발이 얼마나 틀어졌는지 뼈를 만져 확인해 보았다.

아무래도 발목이 완전히 부러져 지금 당장 뼈를 맞추지 않으면 평생 불구가 될 수도 있다.

그녀가 독한 마음을 먹지 않았다면 정말 살아남을 수 없었을지도 모른다.

그는 발목이 올바로 붙을 수 있는 길을 찾아서 틀어버릴 길을 잡았다.

"셋을 세겠습니다. 준비하세요."

"아, 알겠어요."

"하나, 둘, 셋!"

뚜두두둑!

그는 빠르게 발목을 꺾어버렸고, 부러진 뼈가 제자리로 돌아오면서 틀어졌던 근육이 제자리를 잡았다.

하지만 그로 인해 생긴 고통은 그녀의 온몸을 잠식해 버렸다.

"우욱, 우우우욱!"

그러나 그녀는 그 엄청난 고통을 참아냈고, 그로 인하여 눈의 실핏줄이 죄다 터져 버렸다.

고통을 억지로 참느라 피눈물까지 흘리는 그녀를 바라보며 라이언은 어깨를 다독였다.

"좋아요. 잘 참았습니다. 어지간한 특수부대원도 당신처럼 잘 참을 수는 없을 겁니다."

"우욱, 우욱……."

이내 라이언은 그녀가 물고 있는 재갈을 빼내고 술을 한 모금 더 권했다.

그러자 그녀는 마치 사막에서 오아시스를 만난 듯 술을 들이켰다.

꿀꺽꿀꺽!

"으, 으으으으……."

"이제 거의 다 되었습니다. 부목을 대고 붕대를 감을 겁니다. 조금 욱신거릴 수도 있으니 다시 재갈을 무는 것이 좋겠습니다."

"아, 알겠어요."

그녀는 다시 양말을 입에 물었고, 라이언은 재빨리 부목을 대고 붕대를 감았다.

뚝!

"우욱……!"

"괜찮아요. 다 했습니다."

약 1분 후, 붕대를 칭칭 감고 난 후에서야 그녀는 고통에서 조금 자유로워질 수 있었다.

시술이 끝난 그녀는 그대로 축 늘어져 소파에 대롱대롱 매달린 형국이 되어버렸다.

그는 그녀를 바라보며 슬그머니 미소를 지었다.

"한국 속담에 이런 말이 있답니다. '작은 고추가 맵다'라고 말입니다."

"…후후, 그 사람들 참 비유를 적절하게 잘하네요."

"당신의 강단, 본받을 만합니다. 잘하셨어요."

"고마워요."

"별말씀을."

이제 라이언은 그녀의 몸이 제대로 회복할 수 있도록 일주일 정도 요양하면서 이곳에서 시일을 보낼 생각이다.

그는 집안에 있는 문이란 문을 다 잠그고 빛이 밖으로 새어 나가지 않도록 커튼을 쳤다.

아마 두 사람이 큰 소리를 내지 않는 이상 좀비들이 쳐들어 오는 일은 없을 것이다.

*　　　*　　　*

치료 삼 일 후, 그녀는 아주 빠른 속도로 회복하여 절뚝거리면서 돌아다닐 수 있을 정도가 되었다.

하지만 좀비들을 피해 선착장까지 가기엔 아직 몸이 좋지 않은 상태였다.

그는 계획을 조금 수정하기로 했다.

"아무래도 우리는 제 시간에 베니스까지 갈 수 없을 겁니다."

"그럼 어쩌죠?"

"이곳에서 발이 조금 더 나을 때까지 기다렸다가 지하수로를 통해 베니스 운하까지 가는 겁니다. 인근에 아웃도어 매장이 있던데, 그곳에서 보트를 구해서 이동합시다."

"그렇게 이동하면 시일이 얼마나 걸릴까요?"

"한… 일주일 정도?"

"그동안 버틸 수 있는 식량이 없는데, 가능할까요?"

"흐음, 그게 가장 큰 문제입니다. 전쟁 직후라 곡물을 많이 쌓아놓지 않았을 테니 어쩌면 당연한 일입니다."

최근 3차 세계대전의 여파로 인해 곡물과 공산물의 가격은 천정부지로 뛰었다.

더군다나 전범 국가에 해당하는 스위스이기 때문에 서유럽에게 배상금을 갚느라 정신이 없었다.

때문에 예전처럼 한 달 이상 먹을 수 있는 식량을 쌓아두던 예전과는 상황이 많이 달라졌다.

아마 지금 다른 집을 가더라도 먹을 것이 없는 것은 마찬가지일 것이다.

그는 이내 결단을 내리기에 이르렀다.

"어쩔 수 없지요. 식량을 구해오는 수밖에요."

"지금 이 상황에 어디로 식량을 구하러 간단 말인가요?"

"시가지에 식료품점이 꽤 있습니다. 피난을 가면서 다 털어갔다곤 해도 남은 것이 분명 있을 겁니다. 그곳을 노려야지요."

"하지만 밖에는 감염자들 천지인데요?"

그는 고개를 가로저었다.

"밖으로 나가지는 않을 겁니다."

"그럼요?"

"저는 전신주를 이용할 거예요."

"전신주요?!"

엄청난 고전압의 전류가 흐르는 전신주를 잘못 타면 아마 온몸이 감전되어 흔적을 찾아볼 수 없을 정도로 타버릴 것이다.

하지만 지금 스위스 제네바는 전력을 공급해 줄 정부나 공공기관이 없는 상태이다.

때문에 한국군이 도착하지 않는 한, 전력을 수급할 수 없어 전신주는 그저 질긴 고무줄에 지나지 않을 것이다.

"전류가 없으니 전신주만큼 유용한 이동 수단도 없을 겁니다. 그곳을 이용하면 식량을 구해 올 수 있어요."

"하지만······."

"괜찮습니다. 저는 절대로 죽지 않아요. 아시지 않습니까?"

"흠······."

더 이상의 선택지가 없다는 것을 그녀 역시 익히 알고 있지만, 그가 밖으로 나간다는 것 자체가 불안해 견딜 수 없을 것 같았다.

그러나 그 불안을 이겨내야 살 수 있다면 이를 악물고 참아야 할 것이다.

"좋아요, 그럼 나는 이곳에 꽁꽁 숨어 있을 테니 당신이 식량을 구해와요."

"적어도 며칠은 걸릴 겁니다. 버틸 수 있겠어요?"

"해봐야지요."

이 집은 총 2층에 다락방과 지하실이 있다.

만약 그녀가 혼자서 이곳을 지킨다면 지하실을 꽁꽁 걸어 잠그고 그 안에서 식량을 아껴 먹으면서 버티면 된다.

하지만 그 며칠의 시간 동안 찾아올 공포와 불안감은 상상을 초월할 것이 분명했다.

그녀는 그 모든 것을 참아내겠노라 속으로 다짐하고 있었다.

"좋습니다. 그럼 나는 다락의 창문을 통해 밖으로 나갈 테니 당신은 지하실에서 꼼짝 말고 기다리고 있어요."

"네, 알겠어요."

라이언은 손에 착 달라붙는 가죽장갑에 실크 소재의 점퍼를 챙겨 집을 나섰다.

                    *   *   *

　전 세계 15개국의 특수부대 중 상위 0.1%만 모인 드림팀이
스위스 제네바 질병연구소로 투입될 예정이다.

　이들의 총인원은 150명, 10명씩 한 분대를 이뤄 질병연구
소 내부를 샅샅이 뒤져 목표물을 찾아낼 것이다.

　분대는 각 국가의 해당 인원과 그 지휘관들이 맡을 것이며,
총지휘자는 연합군 사령부소속 김성준 대령이다.

　그는 레만호 인근에 잠수함을 대기시켜 놓고 무선으로 그
들에게 지시와 함께 작전 방향을 지시해 줄 것이다.

　한마디로 그와 연락이 두절되면 길을 잃어 죽을 수도 있다
는 소리였다.

　김성준 대령은 한국군 사령부 작전과에서 최연소로 과장
이 된 사람으로서, 30대 중반에 벌써 준장 진급이 논의되는
인재 중의 인재였다.

　그는 작전을 구상하고 그것을 진행시키는 데 천무적인 재
능을 가졌다.

　김성준은 각 분대장에게 침투로와 함께 주의 사항을 전달
했다.

　"제1조부터 4조까지는 연구병동으로 진입합니다. 그곳에

는 현재 동면에 빠져든 감염자가 대거 존재합니다. 때문에 투입과 동시에 서로 다른 루트로 침입해야 합니다. 몰려다니면 모두 다 죽는다는 소리지요."

─알겠습니다.

"또한 각 조의 지정사수는 후방을 주시하며 퇴로를 계산하고 계십시오. 저격수는 전방을 지원하기 때문에 시선을 분산시켜선 안 됩니다."

─그렇게 하지요.

그는 순차적으로 각 조를 건물마다 균등하게 배치시킨 후 유의 사항을 전달하였다.

그리고 이제 남은 것은 그가 작전을 지켜보면서 변수를 예측하고 길을 알려주는 것뿐이다.

"작전을 시작합니다. 모두들 제 무전에 집중하면서 움직이십시오."

─입감.

전원이 모두 차단되어 버린 병동 안은 암흑 천지였기 때문에 적외선 센서로도 앞을 분간하기가 쉽지 않았다.

또한 라이트 기능을 사용할 수 없기 때문에 작전은 상당히 조심스러울 수밖에 없었다.

이들의 앞길은 후방 지원조인 작전과에서 자세히 설명하지 않으면 안 되는 상황인 것이다.

때문에 각 분대에 정보를 지원하는 장교들은 맨투맨으로 무전을 지원하고 있었다.

"1조, 우측으로 돌아가서 대기하십시오. 근방에 감염자들이 너무 많아요."

—알겠습니다.

초소형 비행드론을 통하여 사전에 길을 파악하고 있긴 하지만, 감염자가 많은 길목을 피할 수만은 없었다.

때문에 소음기를 장착한 지정사수들과 저격수들이 후방에서 적을 차례대로 사살해야 한다.

—전방에 적을 발견했습니다. 상황 조치는 어떻게 합니까?

"매뉴얼대로 하십시오. 주변에 특별한 위협은 없는 것 같아요."

—알겠습니다.

대원들은 작전장교들의 지시에 따라서 차근차근 감염자들을 처리했다.

핑핑핑!

서걱!

—명중입니다. 열 마리 모두 제거했습니다.

"잘하셨어요. 이제 중심지를 향해 이동하십시오.

그렇게 차례대로 수색을 이어나가던 부대원들은 연구소 중앙을 잇는 구름다리에 멈추어 섰다.

─잠깐, 이곳에 사람이 탈출한 흔적이 있습니다.

"탈출이요?"

─유리창을 소화기로 깨부순 것 같아요.

"확실합니까?"

─물론입니다. 이 아래엔 파라솔도 있어서 사람이 빠져나가기엔 최적인 것 같군요.

"좋습니다. 그곳으로 2조부터 6조가 투입하여 길을 찾아보십시오. 나머지 대원들은 차례대로 구역을 청소하면서 대기하시고요."

─알겠습니다.

깨진 유리를 따라 파라솔로 내려간 대원들은 그 길로 후면 주차장까지 이동했다.

그러자 감염자들의 피가 덕지덕지 묻은 소형차와 부서진 주차장 차단기가 그들을 맞이했다.

─이곳에서 트럭이나 트레일러를 타고 도망간 것 같습니다. 저 정도 차단기를 부수고 도망가려면 적어도 5톤 이상일 것 같네요.

"흠, 그렇다면 생존자가 한 명은 아니라는 소리군요?"

─그렇지요.

김성준은 부대를 세 갈래로 나누기로 했다.

"1조와 5조까지는 이곳을 점령하고 안전 구역으로 만드십시오. 그리고 6조부터 10조까지는 생존자를 따라서 이동하시고요. 나머지는 계속해서 주변을 수색하십시오."

—알겠습니다.

김성준은 이곳에서 뜻밖의 수확을 건졌음에 쾌재를 불렀다.

"좋았어! 드디어 일이 좀 풀리는 것 같군."

그는 계속해서 작전 모니터에 집중했다.

*　　　*　　　*

오른쪽 다리를 굽혀 전신주에 고정시킨 후 나머지 다리로 굽힌 다리를 감싸 안은 자세로 전깃줄 위에 오른 라이언은 아주 천천히 몸을 움직였다.

슥슥슥슥…….

행여나 소리가 들려 감염자들을 자극시켰다간 뼈도 못 추린다는 사실을 너무나도 잘 알고 있는 그는 숨 쉬는 것도 조심했다.

그렇게 얼마나 전깃줄을 탔을까?

이내 그의 눈앞에 식료품 거리와 대형마트들이 모습을 드러냈다.

그는 대형마트와 슈퍼마켓은 피하고 주로 작은 식료품점

과 아웃도어 매장을 공략하기로 했다.

크기가 클수록 물건은 많겠지만 감염자의 숫자가 많아져 움직이는 데 제한이 되기 때문이다.

하지만 지금 당장 아래로 내려가 물건을 챙기는 데는 다소 무리가 있었다.

전기가 모두 끊어졌기 때문에 주변은 온통 암흑천지에 감염자들은 소리를 따라서 움직인다.

때문에 지금 아래로 내려갔다간 봉변을 당하고 말 것이다.

"별수 없군."

그는 어쩔 수 없이 전신주 위에서 쪽잠을 청하고 해가 뜨면 다시 아래로 내려가 잠을 청할 참이다.

사람이 전신주 위에서 어떻게 잠을 잘까 싶지만, 그건 네이비실을 모르는 사람이나 하는 소리다.

그는 시베리아의 혹한 속에서도 맨몸으로 잠을 잤으며, 바다 위에서 거꾸로 누워 잠을 자기도 했다.

전신주 위에서 잠을 자는 것쯤은 그리 어려운 일이 아닌 셈이다.

다만 불편한 점이 하나 있다면 마음 놓고 코를 골거나 몸을 뒤척일 수 없다는 것 정도이다.

"쿠울……."

아주 작은 소리로 숨을 쉬며 잠을 청한 그는 약 네 시간가량 잠을 자고 자리에서 일어났다.

그리고 다시 전신주를 타고 약 30분 정도 이동하여 식료품점을 찾았다.

햄이나 통조림 고기를 파는 이곳은 비교적 작은 규모로 운영되던 것 같았다.

그는 전신주를 타고 내려와 식료품 점 안에 감염자들이 있는지 확인해 보았다.

"크르르륵……."

잠에 빠져든 감염자가 셋.

이 정도면 무리 없이 놈들을 처리하고 음식을 챙길 수 있을 것 같았다.

라이언은 주머니에서 꺼낸 식칼로 첫 번째 감염자의 뒤통수를 꿰뚫어 버렸다.

푸욱!

"끄륵……."

그리고 난 후엔 곧장 옆으로 칼을 돌려 다른 감염자의 관자놀이를 찔렀다.

서걱!

푸하아아악!

파란색 뇌수가 튀어 오르자 남은 한 마리가 그에게로 고개를 돌렸다.

"끼엑?"

하지만 놈은 더 이상 손을 쓰기 전에 목덜미가 뚫려 죽고 말았다.

퍽!

"……."

"후우, 다 해치웠군."

이제 남은 것은 이곳에 있는 음식을 챙겨 재빨리 식료품점을 빠져나가는 것이다.

그는 꽤 많이 쌓여 있는 식량 중에서도 훈제 햄이나 육가공 통조림만 챙겨 가방을 가득 채웠다.

앞뒤, 그리고 양쪽 어깨에 모두 짐을 짊어진 그는 식료품점을 빠져나가려 창문으로 다가갔다.

바로 그때였다.

팟!

"……!"

그의 앞으로 뭔가 재빠른 물체가 스쳐 지나갔고, 그의 시신경을 바짝 긴장시켰다.

'빌어먹을……. 다 죽인 것이 아니었나?!'

지금처럼 온몸에 짐을 가득 채운 채로 감염자와 맞닥뜨리게 된다면 패배할 가능성이 높았다.

적어도 팔 한쪽은 내어주어야 이곳을 빠져나갈 수 있을 것이다.

"젠장……."

하지만 이대로 당할 수만은 없는 노릇이다.

그는 식칼을 손에 쥐고 그것으로 앞을 스쳐 지나간 장본인을 찾아 죽일 준비를 했다.

스릉!

"후우……!"

깊게 심호흡을 한 그는 재빨리 자신의 시야를 가리고 있던 물건을 치워냈다.

그리곤 칼을 거꾸로 쥔 채 의문의 물체를 위협했다.

챙!

그러나 그는 더 이상 칼을 겨눌 수가 없었다.

헥헥헥!

"개?"

검은색 래브라도 리트리버가 그를 바라보며 앉아 있었고, 녀석은 꼬리까지 치며 반가움을 표시했다.

그는 온몸에서 힘이 다 빠져나가는 것을 느꼈다.

"개였군."

"헥헥!"

아무래도 이 난리통에 주인을 잃고 이곳으로 숨어든 모양이다.

라이언은 녀석의 머리를 한 번 쓰다듬고는 이내 건물을 나섰다.

"잘 살아라. 난 간다."

헥헥!

그는 이내 이곳을 빠져나가 전신주 위로 올라갔고, 개는 계속해서 그를 따라서 걷기 시작했다.

"훠이, 훠이! 저리 가지 못해?!"

헥헥?

연신 고개를 갸웃거리는 개를 바라보며 라이언은 답답한 표정을 지었다.

"저런 민폐가……."

조금 짜증나는 표정으로 개를 바라보던 그는 문득 뭔가 좀 이상하다는 것을 느꼈다.

분명 개는 걸으면서 발톱 소리를 낼 텐데 청각이 민감한 감염자들은 그 소리를 듣고도 움직일 생각을 하지 않았다.

심지어 앞을 스치면서 털이 느껴져도 개를 공격하지 않았다.

"짐승은 공격하지 않는 건가?"

아마 놈들은 자신과 비슷한 형태의 인간만 먹이로 삼고 있는 것 같았다.

만약 이것이 사실이라면 앞으로 개를 이용할 수 있는 일이 분명 있을 것이다.

　그는 따라오는 개를 쫓아내지 않고 자신의 길을 갔고, 녀석은 계속해서 그를 따라왔다.

＊　　＊　　＊

　라이언이 은신처를 나선 지 삼 일째, 드디어 다락방으로 그가 모습을 드러냈다.

　밤낮으로 라이언 한 사람만 기다리고 있던 라이나는 아주 반가운 얼굴로 그를 맞았다.

　"무사히 도착했군요."

　"전신주를 타고 이동하니 그렇게 위험할 일이 별로 없었습니다. 기껏해야 식료품점에서 세 놈을 처리한 것밖에는 다른 일이 없었어요."

　"다행이네요."

　그녀는 양손 가득 담긴 햄과 육가공품을 바라보며 미소를 지었다.

　"꽤 양이 많은데요?"

　"그러게 말입니다. 가게가 너무 작아서 먹을 것이 별로 없을 줄 알았더니 그게 아니었습니다."

　그는 바닥에 짐을 내려놓고는 곧장 현관으로 다가갔다.

그리곤 현관문 아래에 달린 개구멍을 열어 안으로 손을 쭉 뻗었다.

"뭐, 뭐 하는 거예요?!"

"새로운 동료를 맞는 겁니다."

"새로운 동료요?"

그는 바깥으로 쭉 뻗은 손을 다시 안으로 끌어당겼는데, 그의 품 안에는 아직 성견이 조금 못 된 검은색 개가 들려 있다.

헥헥.

"리트리버?"

"앞으로 이 녀석이 해줄 일이 아주 많습니다. 감염자들은 이 녀석을 잡아먹지 않더군요."

"개를 먹지 않는다?"

"아마도 놈들의 특성상 사람만 먹는 이유가 있을 테지요. 앞으로 당신은 이것으로 뭔가 알아낼 수 있지 않겠어요?"

"그렇군요."

스위스에는 수많은 들개가 있지만, 생존자들은 개들에겐 별 신경을 쓰지 않고 있었다.

하지만 확실히 개들은 감염자들에게 등한시되는 존재였다.

이것을 가지고 연구를 거듭한다면 치료제뿐만 아니라 좀비들을 손쉽게 소탕할 수 있는 방법을 마련할 수 있을 것이다.

두 사람은 개의 목줄에 쓰여 있던 이름을 불렀다.

"맥스?"

멍멍!

"허, 허억!"

녀석은 반사적으로 짖어댔지만 역시 감염자들은 반응하지 않았다.

"감염자들이 몰려들지 않아?"

"역시 획기적인 발견을 하셨군요!"

"하하, 별말씀을요."

인류 생존의 열쇠이던 라이언은 조금씩 사건을 풀어낼 실마리를 얻어내고 있었다.

* * *

생존자 추격 삼 일째.

특임대는 거대한 트럭이 베니스를 향했다는 사실을 알 수 있었다.

스위스에서 베니스까지는 꽤 긴 거리이지만 배를 타고 이동한다면 꽤 손쉽게 도착할 수 있을 것이다.

이제 그들은 짐을 꾸려 베니스까지 항해를 거듭할 예정이다.

잠수함을 타고 레만호를 따라 혼느강을 타고 베니스까지 간 후 다시 작전을 펼친다면 생존자 수색이 조금 더 쉬워질 것이다.

　특임대는 감염자들이 득실거리는 강변을 따라 베니스 앞바다까지 이동했고, 그곳에서 생존자의 흔적을 찾을 수 있었다.

　요트 선착장에 세워져 있던 배를 타고 이동하려던 일행 13명은 군대의 등장에 화색을 띠며 기뻐했다.

　"구, 군대다!"

　"살았다!"

　"모두들 무사하십니까?"

　"네, 무사합니다!"

　기쁨의 환호성을 지르던 일행 중 한 명이 그들에게 다가와 물었다.

　"어디서 오시는 길인지요?"

　"제네바 질병연구소에서 왔습니다. 당신들과 같지요."

　"그럼 혹시 그곳에서 다른 생존자를 찾지 못했나요?"

　"다른 생존자라면……."

　"라이언이요. 강화수 장관님께서도 그를 알고 계시는데……."

　특임대는 인상을 와락 구겼다.

"누, 누구요?"

"라이언 말이에요. 그곳에서 한 여자를 구한다고 일행과 헤어졌어요. 아마도 그곳을 빠져나갔거나……."

"이런! 당장 기수를 돌려야겠습니다. 그의 행적을 처음부터 다시 좇아야겠네요."

"그, 그렇다면……."

"그를 찾는 것이 우리의 임무였습니다. 작전을 수행하다가 사람이 이동한 흔적을 찾아서 이곳까지 왔고요. 아무래도 다시 강을 거슬러 올라가야 할 것 같네요."

"그럼 저도 함께 가요. 어차피 저는 학자도 아니고 군인도 아니라서 일행과 함께 간다고 해도 도움이 되지 않을 거예요. 하지만 라이언을 잘 아니까 그를 찾는 데 도움이 될 겁니다."

"알겠습니다. 함께 승선하시지요."

특임대는 미셸을 잠수함에 태워 다시 강을 거슬러 올라가기 시작했다.

6장

생존

　스위스 고저택에서 나온 라이언 일행은 지하수로를 따라
서 안느마쓰까지 이동했다.

　하지만 예상과는 다르게 그들 앞에는 생각지도 못한 장애
물이 도사리고 있었다.

　전쟁으로 인해 파괴된 지하수로를 복구한다고 세워둔 안
전 펜스와 공사 시설물들이 아직 그대로 길을 막고 있었던 것
이다.

　이대로라면 더 이상 혼느강까지 갈 수가 없을 것 같았다.

　"이런……. 어쩔 수 없지요. 차를 타고 도로로 나갑시다."

"감염자들이 몰려오면 어쩌려고요?"

"조심스럽게 몰면 됩니다. 그리고 어차피 온 길로 되돌아갈 필요도 없으니 조금의 소음은 괜찮겠지요."

"흐음……"

"게다가 지금 이대로 짐을 들고 계속 이동했다간 얼마 못 가서 지치고 말 겁니다. 그렇게 되면 더 가고 싶어도 못 갈 거예요."

"좋아요. 그럼 당신의 말대로 차를 타고 이동하도록 해요."

그는 아직까지 번화한 거리에 세워져 있는 차량 중에서 소음이 가장 적고 비교적 연비가 좋은 이수그룹의 자동차를 선택했다.

차에 탄 채 죽어버린 시체에서 스마트키를 꺼낸 그는 험비와 협약을 맺어 만든 초대형 SUV 히어로에 시동을 걸었다.

끼릭, 부아앙!

시동이 걸리면서 소음이 조금 발생하긴 했지만 어차피 이곳부터는 차가 별로 없으니 큰 상관은 없을 터였다.

그는 차에 짐을 싣곤 곧장 제네바를 빠져나가 한적한 도로를 내달리기 시작했다.

쏴아아아아!

"좋군요. 스위스의 바람이 이렇게 시원한 줄은 미처 몰랐어요."

"공장들이 문을 닫아서 공기가 조금은 시원해졌을 겁니
다."

원래 스위스는 청정 지역이 많고 산맥이 발달한 지역이 많
이 분포해 있다.

때문에 공기와 기후가 아주 좋은 편이지만 도심으로 가면
그 쾌적함도 다른 국가와 별다를 바가 없다.

하지만 공장들이 문을 닫고 난 후라서 그런지 특유의 시원
한 바람은 도시까지 불어오고 있었다.

라이언은 가는 길에 주유소에 들러서 기름을 채워 넣고 출
발하기로 했다.

그는 주유소에 차를 세우고 기름통에 얼마나 많은 기름이
있는지 확인해 보았다.

그러나 이미 가솔린은 모두 다 동난 상태였고, 그나마 디젤
만 조금 남아 있는 상황이었다.

제법 큰 주유소였지만 그 유조 탱크를 채운 것은 10분의 1도
채 안 되었다.

하지만 이 정도의 양만으로도 일행이 베니스까지 가는 데
엔 큰 무리가 없을 것이다.

라이언은 차에 가득 기름을 채우고 난 후 휴대용 기름통 세
개에도 가득 기름을 넣었다.

"당분간 기름 걱정은 하지 않아도 되겠군요."

"그러게 말이에요."

공사로 인해 노선이 조금 변경되긴 했지만 당장 걱정할 것은 없을 테니 안심이 되는 것 같았다.

두 사람은 기름을 채우자마자 곧장 다시 길을 떠났다.

* * *

제네바 탈출 이틀째.

일행은 프랑스 불차노에 위치한 대형 슈퍼마켓 앞에 도착했다.

감염자가 발생하면서 슈퍼마켓은 셔터를 내려 버렸고, 일하던 직원들은 재빨리 피난길에 올랐다.

덕분에 이곳은 감염자들의 침입을 미연에 차단하여 청정지역이 될 수 있었다.

일행은 잠시 슈퍼마켓에 차를 세워놓고 마음껏 장을 보기로 했다.

카트 두 개를 끌고 슈퍼마켓 안으로 들어선 두 사람은 자신이 원하는 물건을 구하기 위해 흩어져 쇼핑을 시작했다.

지금껏 신선한 과일을 먹지 못한 그녀는 사과를 비롯한 각종 열매 과일를 담기 시작했고, 라이언은 생존에 필요한 물건들을 하나하나 골라 담았다.

불을 피우지 않고도 먹을 수 있고 비교적 오래 보관이 가능한 것들로만 선별하여 담았고, 개가 먹어도 큰 지장이 없는 것들이기에 맥스의 끼니 해결도 문제가 없었다.

또한 그는 잠시 기호식품 코너에 멈추어서 자신이 평소에 좋아하던 술을 골라 담았다.

"빈티지가 상당한 물품이 많군. 보자……."

자고로 프랑스는 양질의 와인이 많기로 유명하고, 그만큼 그것으로 만든 코냑 역시 유명했다.

애주가라면 그 광경을 그냥 지나칠 리가 없다.

그는 막간을 이용해 술이라도 한잔하고자 열 병에 달하는 브랜디와 위스키를 챙겼다.

"후후, 좋군!"

다른 것은 몰라도 가끔씩 술을 마실 수 있다는 사실에 만족해하는 라이언이다.

먹을 것을 모두 챙긴 두 사람은 이제 의류와 약품 코너로 향했다.

마트 옆에 붙은 약국에서 항생제 등을 챙긴 그들은 의류 코너에서 등산용품까지 한 가득 담았다.

아마 이 정도의 물건이라면 어지간한 남자의 한 달 월급으로도 충당할 수 없을 것이다.

하지만 지금은 비상사태이니 어쩔 수 없이 공짜로 물건을 가져가야 한다.

그는 짐칸이 상당히 넓은 히어로의 뒤 칸을 짐으로 꽉꽉 채웠고, 이제 여행하면서 당분간은 먹을 것과 잘 걱정은 하지 않아도 될 것이다.

오랜만에 쇼핑으로 스트레스를 푼 두 사람은 비교적 안전한 산골로 들어가 자리를 폈다.

타다다다닥!

이곳은 2차 세계대전 당시에 허물어져 버린 고건물의 잔해 더미 덕분에 사방이 모두 막혀 있어 불을 피워도 상관없을 것이다.

덕분에 두 사람은 오랜만에 따뜻한 불을 지핀 잠자리에서 따뜻한 음식을 먹을 수 있었다.

그들은 오늘은 최고급 소고기에 아스파라거스를 구워서 와인을 한잔 곁들일 생각이다.

그녀는 노릇노릇하게 구워진 고기에 소금을 치고 간단히 후추로 풍미를 더해 스테이크를 만들었다.

라이언은 생각보다 훌륭한 그녀의 요리 솜씨를 칭찬하기 바빴다.

"오오, 생각보다 손이 야무지네요."

"생각보다? 그럼 평소에는 어떻게 보였는데요?"

"그냥… 인텔리들은 요리와는 거리가 멀다고 생각했습니다."

"후후, 오늘 그런 생각이 아주 싹 달아나게 해드리지요."

그녀는 맛깔나게 구워진 스테이크에 약간 물렁물렁한 아스파라거스를 접시에 담고 와인으로 살짝 불 맛을 냈다.

화르르륵!

그러자 조금이나마 남아 있던 고기의 잡냄새는 사라지고 오로지 향신료의 향만 남게 되었다.

그녀는 아주 자신만만한 표정으로 고기를 권했다.

"먹어봐요."

이윽고 고기를 한입 맛본 그는 미소를 머금었다.

"으음! 좋군요!"

"어때요? 이래도 인텔리가 요리를 못해요?"

"그 말 취소입니다."

"후후, 그래야지요."

두 사람은 오랜만에 술까지 한잔 곁들여 저녁을 먹고 깊은 잠에 빠져들었다.

*   *   *

서로 번갈아 가면서 번을 선 두 사람은 간만에 찌뿌듯한 느

낌 없이 자리에서 일어날 수 있었다.

서로를 지켜주면서 하루하루를 보내서 그런지 이제는 제법 손발이 잘 맞는 두 사람이다.

텐트를 걷고 자리를 파하는 데 걸린 시간은 고작 5분 남짓이었다.

"이젠 네이비실에서 일해도 될 정도군요."

"후후, 기본이지요."

라이언의 어깨너머로 배운 것이 그녀에겐 톡톡히 교육이 된 모양이다.

아주 능숙하게 자리를 접은 두 사람은 이제 군사지도를 이용하여 갈 길을 모색했다.

차량의 내비게이션을 이용하면 좋겠지만, 지금은 위성 신호를 수신해 줄 기지국이 없어서 수기로 지도를 검색해야 한다.

"으음, 보자."

그는 지도에서도 산악지형만 골라서 선을 연결했다.

"어때요? 이런 경로라면 감염자들과 마주칠 일이 없을 겁니다. 그래서 SUV를 선택한 것이기도 하고요."

"좋네요."

라이언은 오스트리아를 에둘러 경유한 후에 산을 타고 벨루노로 향하는 동선을 선택했다.

이곳에서 피우메강을 타고 남하하게 되면 베니스까지는 그리 오랜 시간이 걸리지 않기 때문이다.

하지만 문제는 베니스에 도착하여 항만까지 이동하는 것이다.

강에서 나와 베니스 선착장까지 가는 길은 생각보다 길기 때문에 그동안 풍랑이라도 일어난다면 큰일이다.

그러나 그 정도의 위협은 좀비 떼를 뚫고 가는 것보다는 나을 것이다.

"일단 출발합시다. 그곳에서의 일이 걱정되긴 하지만 그건 그때의 일이고 지금은 북부로 향하는 방법만 생각하자고요."

"그래요."

두 사람은 이제 산을 이용하여 이탈리아 북부까지 단번에 이동할 것이다.

새벽이슬이 가득한 산등성이.

창문을 열고 이동하던 두 사람은 작은 협곡에 도착하여 잠시 휴식을 취하기로 했다.

"여기서 세면세족을 하고 갑시다."

"그래요. 아주 죽을 것 같네요."

따뜻한 온수가 나오는 샤워장은 아니지만 깔끔하게 몸을 단장할 수 있는 기회가 그리 많지는 않을 것이다.

두 사람은 감염자들이 들이닥칠 때를 대비하여 번갈아 가면서 샤워를 하기로 했다.

먼저 씻기로 하기로 한 사람은 라이나였다.

촤락, 촤락!

바가지로 물을 끼얹는 소리가 라이언이 앉아 있는 바위까지 그대로 들려왔다.

그러면서 그녀는 연신 라이언에게 말을 걸고 있었다.

"훔쳐보면 안 돼요!"

"하하, 알겠습니다!"

"정말이에요!"

"물론이죠. 좀비들에게 뜯겨 죽기 전에 먼저 당신에게 맞아 죽고 싶지는 않네요."

"쳇, 그렇다고… 하나?"

그는 분명 뭔가를 들은 것 같은데 그 소리가 잘 들리지 않아 고개를 갸웃거렸다.

"뭐라고요?"

"흥! 아니에요!"

라이언은 물소리 때문에 중간의 몇몇 단어가 끊어져 무슨 소리인지 못 알아들었다.

그러나 본인이 별것 아니라니 그저 덤덤하게 그대로 받아들일 뿐이다.

샤워를 계속하던 라이나가 라이언에게 단도직입적으로 물었다.

"이봐요, 그때 그 여자 말이에요."

"여자요?"

"왜, 당신이 목걸이를 준 사람 말이에요."

그는 그제야 무릎을 치며 미셸을 떠올린다.

"아하, 제 친구 미셸 말씀인가요?"

"네, 맞아요. 그 여자 말이에요……. 애인이에요?"

라이언은 자신이 그녀를 어떻게 생각하고 있는지에 대해 사실적으로 답변했다.

"아마 제가 의지할 수 있는 유일한 사람이 아닐까요? 이제 저에게 남은 가족이나 친구는 그녀 한 명뿐입니다. 그녀가 아니었다면 이미 전 이 세상 사람이 아니겠죠."

"…무척이나 소중한 사람인 모양이군요."

"그렇게 말한다면 조금 쑥스럽긴 합니다만, 사실은 그렇군요."

지금까지 라이언이 감염자들 사이에서 미치지 않고 버틸 수 있던 것은 모두 미셸 덕분이다.

아마 그녀가 아니었다면 지금쯤 라이언은 제정신으로 돌아다니지 못하고 있을지도 모른다.

"그럼 그때 나를 위해서 목숨을 건 것은 무슨 이유였나요?"

"저는 나라를 지키던 사람입니다. 사람이 위험에 처했는데 어떻게 그냥 지나칩니까?"

"그러니까… 그냥 측은지심에서 일을 벌였다는 말인가요?"

"측은지심이라기보다는 군인의 본능이라고나 할까요? 뭐, 그런 이유였지요."

그녀는 라이언의 대답이 별로 마음에 들지 않는지 뾰로통한 표정으로 샤워를 마치고 나왔다.

턱!

라이나는 바가지에 잔뜩 담긴 샤워용품을 내밀며 퉁명스럽게 말했다.

"어서 씻어요. 홀아비 냄새가 진동하네요."

"그, 그렇군요. 알겠습니다."

라이언은 도대체 그녀가 왜 저렇게 퉁명스럽게 말을 내뱉는 것인지 알 수가 없었다.

다만 자신이 그녀에게 무언가 잘못했다는 것만큼은 눈치로 알아챌 수 있었다.

"저, 저기요……."

"뭐죠?"

"뭔가 화난 것이 있습니까? 내가 무슨 잘못이라도……."

"홍! 몰라요!"

그녀는 홱 돌아서 전방을 살피기 시작했고, 라이언은 그 자리에 겉옷을 차곡차곡 쌓은 후 계곡으로 들어가 몸을 담갔다.

*　　　　*　　　　*

늦은 밤, 라이언은 근방에서 잡아온 암사슴에 슈퍼마켓에서 구해온 향신료로 맛을 낸 요리를 만들었다.

가끔 전장에선 이렇게 사냥으로 끼니를 해결하곤 했는데, 대부분은 별다른 조미료가 없는 상태로 요리했다.

하지만 지금은 야생의 싱싱한 암사슴에 특별한 맛을 내는 향신료까지 더해지니 그 풍미가 오감을 자극하는 듯했다.

그는 전투용 대검으로 고기를 손질하여 등심에 해당하는 부위를 구워서 스테이크를 만들었다.

살짝 덜 익은 스테이크에선 사슴 특유의 향과 함께 풍부한 육즙이 듬뿍 배어 나왔다.

"으음……!"

눈을 감고 고기의 맛을 음미한 그녀는 아주 행복한 표정을 지었다.

"맛이 어때요?"

"이야! 도대체 이런 요리법은 어디서 배웠나요?"

"전장을 쏘다니다 보면 가끔 산에서 생활하게 되는 경우가 있습니다. 길면 1년이고 2년이고 계속해서 산에서 지내게 되지요. 그때 무료함을 달래기 위해 취미로 사냥과 고기 손질법을 배웠습니다. 그러면서 자연스럽게 고기를 어떻게 하면 맛있게 먹을 수 있는지 고안하게 된 것이지요."

그가 지금까지 살아남을 수 있는 것은 실전의 풍부한 경험과 그것을 응용할 수 있는 임기응변 덕분이었다.

그런 요소들은 전투가 아닌 평상시 생활에서도 충분히 빛을 발하는 것 같았다.

만약 지금의 이 난리가 일어나지 않았다면 라이언은 분명 멋진 남편감으로 각광받았을지도 모른다.

하지만 지금 이 상황에서 결혼 생활을 생각한다는 것은 아주 큰 오류에 해당된다.

어른들의 몸을 간수하기도 힘든 마당에 갓난아이까지 챙긴다는 것은 거의 불가능할 것이다.

때문에 지금 당장 결혼이라는 것을 생각하기는 힘들다.

그러나 그녀는 문득 이렇게 잘 준비된 남자에게 약혼녀가 없었다고는 생각되지 않았다.

조심스럽지만 그녀는 라이언의 과거에 대해 물었다.

"그나저나 미래를 약속한 여자는 어디에 두고 여기까지 왔어요?"

그는 쓸쓸한 미소를 지었다.

"…죽었습니다. 가족들과 함께 도망치다가 감염자들의 밥이 되었지요."

"미, 미안해요. 일부러 상처를 건드리려던 것은 아닌데……."

"아닙니다. 지금 이 상황에서 소중한 사람을 잃어보지 않은 사람이 얼마나 되겠습니까?"

라이나 역시 수많은 지인을 잃긴 했지만 원래 그녀는 천애 고아에 친구도 별로 없는 사람이었다.

때문에 자신의 반쪽을 잃는 고통이 무엇인지 가늠조차 할 수가 없다.

"이해는 할 수 없지만 어렴풋이 공감은 가네요. 소중한 사람을 잃는다는 것은 상당히 아픈 일이 되겠지요."

"말로 형용을 할 수 있었다면 그 고통을 표현했을 겁니다. 하지만 그런 고통은 마차 말로 설명을 할 수가 없더군요."

고개를 푹 숙인 라이언은 깊은 한숨을 내쉬었다.

"후우! 아마 그녀는 내 원망을 하면서 죽어갔을 겁니다. 저는 그때 가족과 친구들을 챙기느라 그녀를 미처 보호해 주지 못했거든요."

"저런……."

그는 당시의 상황을 어렵사리 상기시켜 냈다.

"저는 전쟁에서 돌아와 재 파견을 기다리고 있는 상황이었습니다. 그런 와중에 여자 친구와 결혼을 약속했지요. 하지만 그 약속이 이뤄지기 불과 일주일 전에 일이 터지고 말았습니다. 저는 제 가족과 여자 친구의 가족까지 모두 챙겨서 고향을 빠져나왔습니다. 하지만 우리 일행은 공황상태에서 수많은 위기를 겪었습니다. 그때마다 나는 어떻게 해서든 가족들을 지켜냈지만, 미처 뒤따라오던 그녀는 지키지 못했지요. 그때 손을 놓는 것이 아니었는데…….”

라이언의 약혼녀는 가족들의 가장 후미에서 뒤처지는 사람들을 부축하며 일행을 따라왔다.

그러다 감염자 무리에 휩쓸려 허망한 죽음을 맞이했다.

“아마 난 죽어서 그녀를 만난다고 해도 용서받을 수 없을 겁니다. 난 그녀가 목숨을 걸면서 지키던 가족을 모두 다 잃었거든요.”

“하지만 그건 불가항력적인 일이었잖아요.”

“…아니요. 그저 내 역량이 부족했던 것이지요.”

그는 약혼녀를 잃고 슬퍼할 겨를도 없이 가족을 전부 잃었고, 그나마 미셸 한 사람만 지켜낼 수 있었다.

상당히 유약해 보이지만 그 어떤 상황에서도 최선의 선택을 하는 그녀이기에 죽음을 몇 번이고 피해낸 것이다.

그 덕분에 라이언 역시 평생 경험할 구사일생을 다 겪으면서 간신히 살아남을 수 있었다.

라이언은 가방에 넣어두었던 위스키를 꺼내어 크게 한 모금 들이켰다.

꿀꺽!

"크흐, 좋군요……."

"저도 한 잔 주세요."

이윽고 그녀 역시 술을 벌컥벌컥 들이켰다.

꿀꺽꿀꺽!

"하아! 좋구나!"

"술을 상당히 좋아하는 모양입니다."

"뭐, 그런 셈이죠."

그녀는 자신이 들고 있던 술병을 내밀면서 말했다.

"이 세상에 사연 하나 없는 사람이 어디 있겠어요. 저마다 사정이 다 있는 법이지요. 약한 사람은 결국 과거에 집착하게 된대요. 과거지향적인 사람이 어떻게 강해질 수 있겠어요? 결국은 도태될 수밖에 없는 거죠."

"……."

"힘을 내요. 흘러간 강물은 결코 다시 돌아오지 않아요."

라이나에게서 용기를 얻은 라이언은 이내 미소를 지었다.

"후후, 그래요. 당신 말이 맞습니다. 과거는 과거일 뿐이죠. 그것을 속죄할 수 있는 길은 미셸을 다시 만나서 그녀를 지켜주는 일입니다. 나는 앞으로도 계속 전진할 겁니다. 그리고 그녀를 만나 속죄하면서 살 겁니다."

"…그래요. 다행이군요."

결국 미셸을 위하는 마음으로 끝나 버린 위로는 라이나에게 어전지 씁쓸한 입맛만을 남기고 말았다.

*　　　*　　　*

이른 아침, 라이언은 부지런히 차를 몰아 이탈리아 북부로 향했다.

사람들이 없어진 한적한 도로에는 야생동물들이 달려 나와 자연을 만끽했다.

지금까지는 인간들의 영역에 쉽사리 다가갈 수 없었지만, 이제는 더 이상의 위험이 없어졌다.

때문에 야생동물들은 저마다의 영역을 정하고 그 안에서 마음껏 생명을 꽃피우고 있었다.

라이언은 어쩌면 이 사태가 인간들의 영역을 조금 줄이라는 신의 경고가 아닐까 하고 생각했다.

지구는 항상 인구가 과포화 되면 한 번씩 엄청난 재앙을 일으켜 인구를 조절하곤 한다.

그것은 때론 태풍이나 지진, 해일, 화산 폭발 등으로 나타나기도 하지만 이렇게 감당하기 힘든 질병으로 모습을 드러낸다.

종말론자들은 이것에 대해 신의 심판이라고 말하곤 하지만, 라이언이 느끼기엔 지구 스스로가 자신을 관리하는 것 같았다.

자기의 내부를 스스로 관리하는 면역 체계 같은 것이 발동되어 인구를 줄이고 있는 셈이다.

인간이 질병에 걸리면 스스로의 면역 체계를 발동시켜 감염을 막는 것처럼 지구 역시 과도한 개발과 무분별한 자연 훼손으로 위기의식을 느꼈을 수도 있었다.

행성에게 자아를 부여한다는 것 자체가 궤변일 수도 있지만 지구도 하나의 유기체이다.

무언가 하나 이상이 생기기 시작하면 꽤나 많은 것이 영향을 받고, 그것을 복구하기 위해 무언가를 희생하기도 한다.

그런 면에서 생각해 보면 사람들이 의인화한 신이나 절대자는 지구 스스로일 수도 있었다.

이유야 어찌 되었든 지금 라이언은 지구가 내린 형벌을 피해 끝도 없는 여행을 거듭하고 있는 중이다.

그 여행 도중에 희망을 품기도 하고 상처를 치료하기도 한다.

고난은 청춘을 위한 극약처방이라는 소리가 괜히 나온 것이 아닌 모양이다.

라이언은 이전보다 훨씬 더 여유롭고 생기 있는 표정으로 여행에 임하고 있었다.

　그런 그를 바라보며 라이나는 슬그머니 미소를 지었다.

　"무슨 좋은 일이라도 있어요?"

　"이 상황에 좋은 일이 있을 리가 있습니까?"

　"그런데 왜 그렇게 얼굴이 좋아 보이죠?"

　"우울한 상태로 있는 것보다는 이편이 나을 것 같아서요. 당신 말대로 앞길이 구만리인데 암울한 얼굴로 다닐 수는 없잖아요?"

　"하긴, 그건 그렇군요."

　이제 두 사람은 허물없이 대화를 나눌 정도가 되었고, 점점 일말의 정이 생기기 시작했다.

＊　　　＊　　　＊

　벨루노에 도착한 라이언은 강변에 사람이 타고 다닐 수 있을 만한 배가 몇 척인가 있음을 알 수 있었다.

　이제 두 사람은 이 배에 짐을 모두 싣고 여행의 끝자락에 섰다.

　이대로 배를 띄우면 베니스 앞바다까지 무사히 닿을 수 있을 테니 현실적인 위험은 거의 다 사라졌다고 볼 수 있었다.

촤락, 촤락…….

잔잔한 물결을 따라서 배를 띄운 두 사람은 강변에 길게 늘어서 있는 감염자들을 바라보았다.

"크르르릉……."

지금까진 아무런 반응도 없는 감염자들이지만 조금의 자극만 있어도 분명 두 사람을 잡아먹기 위해 미친 듯이 달려들 것이 분명했다.

라이언이 차를 버리고 배를 선택한 이유는 바로 이 때문이었다.

아무리 히어로의 배기 음이 다른 차에 비해서 작다고 해도 엄연히 5000cc가 넘는 초대형 SUV다.

철판으로 둘러싸인 튼튼한 차종의 히어로라곤 해도 수십만의 좀비 떼를 뚫고 베니스 해안까지 가지는 사실상 불가능하다고 할 수 있었다.

그래서 그는 노를 저어 아주 조용한 상태로 남하하기로 한 것이다.

괜히 큰 소리를 내어 잠들어 있는 감염자들을 깨우는 것보다는 조금 고생스러워도 노를 젓는 편이 낫다고 생각한 것이다.

결국 그 선택은 아주 탁월한 것이었고, 지금 그는 좀비들의 습격에서 자유로울 수 있었다.

이대로라면 분명 체력을 최대한 아끼면서 목적지 부근에 닿을 수 있을 것이다.

피우메강 하류.

이제 슬슬 갈매기들이 발견되는 것을 보면 곧 바다로 나아갈 수 있을 것 같았다.

라이언은 이제 그들에게 남은 식량이 얼마나 되는지 알아보았다.

"흠, 이 정도로는 조금 부족하겠어요. 바다에서 얼마나 고생을 할지 알 수가 없으니 비상식량이라도 챙겨놓아야 할 것 같습니다."

"어떻게요?"

"혹시 스노클링이라고 들어봤습니까?"

순간, 그녀는 무릎을 쳤다.

"아하! 당신은 네이비실에서 근무했었지요!"

"엄연히 따지면 지금도 현역입니다. 아시다시피 네이비실은 바다에서 생활하는 경우가 더 많지요. 그래서 잠수와 수영은 필수입니다."

사실 네이비실이 엄청난 고난이도의 훈련을 받아 최고의 기량을 발휘하긴 하지만 그들이 진가를 발휘하는 곳은 바다이다.

해군 특수부대인 네이비실은 바다에서 생존하기 위한 고도의 훈련을 받는데 그중에는 수영과 잠수도 해당된다.

때문에 스노클링으로 물고기를 잡는 일쯤은 전혀 문제가 되지 않았다.

그는 자신이 대형 매장에서 가지고 온 오리발과 스노클링 물안경을 꺼내어 상표를 떼어내고 손질을 시작했다.

외부와 온도 차이가 다소 나는 상황에서는 물안경이 흐려질 수 있기 때문에 흐림 방지포를 바르고 오리발은 발에 딱 맞도록 조종하는 등의 작업이 필요했다.

여기에 고무줄이 달린 작살까지 착용하고 나면 바다에서 물고기를 잡아 올릴 준비는 모두 끝났다.

"여기서 조금만 기다려요. 먹을 것을 구해오겠습니다."

"알겠어요."

그는 라이나에게 기다리라는 말을 남기고는 이내 깊은 바다로 몸을 던졌다.

풍덩!

연안에는 물고기는 물론이고 해초류나 수중 생물까지 다수 분포되어 있기 때문에 작살이나 칼 하나만 있어도 충분히 사냥을 할 수 있었다.

그는 투명한 바다 속으로 들어가 연안 바닥에 붙어 있는 소라와 전복을 따서 물 위로 올라왔다.

"푸하!"

"우와! 이게 다 뭐예요?!"

"내가 말하지 않았습니까? 나는 네이비실이라고."

물에서 벌어지는 일에는 거의 모든 분야에 전문가라도 할 수 있는 네이비실 대원에게 이 정도 일은 그리 어려운 것도 아니었다.

그는 이윽고 다시 바다 아래로 내려가 먹을 만한 물고기가 있는지 알아보았다.

'대구가 보이는군.'

살덩이가 두껍고 지방이 적은 대구는 다이어트 용품으로도 각광받고 있지만 그 담백한 맛은 가히 일품이라고 할 수 있었다.

단백질 덩어리인 대구를 잡아서 말린다면 충분히 하루 식사로 대용할 수 있을 것이다.

그는 대구들이 헤엄치는 공간까지 아주 천천히 접근한 다음 대구가 방향을 틀 때까지 기다렸다.

그리고 잠시 후 대구가 방향을 오른쪽으로 다시 바꿀 때 즈음에 작살을 앞으로 내질렀다.

퍼억!

'잡았다!'

대구의 묵직한 손맛이 그대로 전해지는 것이 마치 낚시를 하는 것 같은 착각이 들었다.

그가 일부러 이렇게 바다 속까지 들어온 것은 낚시를 하기엔 두 사람의 일정이 조금 빡빡하기 때문이었다.

그래서 배가 흘러가는 것을 따라다니면서 물고기를 잡기로 한 것이다.

라이언은 다시 바다 위로 올라와 그녀에게 물고기를 전달했다.

파닥파닥!

"어머나! 엄청나게 굵어요!"

"이 정도는 되어야 말렸을 때 먹을 것이 있습니다. 물고기 배는 내가 딸 테니 말라 죽지 않도록 보살펴 주고 있어요."

"네, 알겠어요."

이대로 조금만 더 작업하면 당분간 먹을 것 걱정은 하지 않아도 될 듯했다.

*　　　*　　　*

스위스 제네바에서 출발한 수색팀은 방향을 틀어 튜린과 베로나로 향하는 길목으로 들어섰다.

이들은 지하수로에 남아 있는 흔적을 찾아냈고, 그들은 가로막힌 물길을 떠나 북쪽으로 향했을 것으로 결론지은 것이다.

미셸은 수색대에게 그가 지하수로나 산을 자주 이용한다는 이야기를 듣고 그대로 작전을 펼쳤다.

그들의 예상은 적중했고, 가는 길목마다 그들이 남긴 흔적이 남아 있었다.

"아무래도 피우메강 상류로 향했을 확률이 높군요. 산에 남아 있는 바퀴 자국은 그리 오래된 것이 아니고 술을 마신 흔적도 있어요. 다소 여유를 찾았다는 것이니 분명 더욱더 안전한 길로 갔을 겁니다."

김성준은 수색대를 다섯 갈래로 나누어 산악지형과 강변을 중심으로 수색을 펼치기로 했다.

"본부는 피우메강을 따라 베니스로 향합니다. 나머지는 지정된 지역을 중심으로 수색하십시오."

"예, 알겠습니다."

이제 드디어 수색의 끝이 보이는 것 같았다. 하지만 그때 뜻밖의 소식이 들려왔다.

─치익, 여기는 카자흐스탄! 최초 감염자가 발생했다!

"카자흐스탄!"

중앙아시아와 동아시아 인근에 위치한 카자흐스탄에서 감염자가 발생했다는 것은 더 이상 대륙도 안전하지 않다는 뜻이었다.

어떻게 하다가 감염자가 그곳까지 온 것인지는 알 수 없지만, 사태가 상당히 심각하다는 것만큼은 확실했다.

이제 김성준 대령은 더 이상 시일을 지체할 겨를이 없다는 것을 느꼈다.

"수색의 속도를 높입시다. 이러다 안전 구역이 아예 없어질지도 모릅니다."

"알겠습니다."

각 조장은 부하들을 이끌고 빠른 속도로 수색을 전개했다.

7장

세계대전 A

카자흐스탄 남부에 위치한 쉼켄트.

이곳은 카자흐스탄에서 인구밀도가 가장 높은 곳이다.

A바이러스가 발발한 곳은 바로 이 쉼켄트 지역이었고, 그 파급 효과는 상상을 초월할 정도였다.

중앙아시아의 거인이라고 불리는 이 카자흐스탄에 발생한 A바이러스는 불과 하루 만에 우즈베키스탄과 아프가니스탄을 지나 파키스탄까지 번져 나갔다.

또한 옛 중국의 북부이던 위구르공화국까지 세를 뻗쳐 전염의 속도를 점점 더 높여갔다.

도대체 어떤 경로로 카자흐스탄에서 A바이러스가 발병한 것인지는 알 수 없었지만, 그 치사율은 역시 100%였다.

발병 이틀째에 이르러선 카자흐스탄 전역이 감염자들로 넘쳐 났으며, 한국군은 위구르공화국으로 군대를 급파하여 동진을 막기에 급급했다.

그나마 터키와 인도가 버티고 있던 남부는 아슬아슬하게 전선만 유지하는, 그야말로 풍전등화나 다름없는 상태였다.

전문가들은 아직까지 감염자가 없는 동남아시아로 비감염자들을 피신시켜 더 이상의 증식을 막아야 한다고 말했다.

그러나 아직까지 막아낼 영토가 남아 있는 한 군인들은 절대로 후퇴하지 않을 것이다.

화수는 추가로 완성된 백야함급 비행선을 중앙아시아로 보내 사태를 진정시키기로 했다.

직접 전장의 일선으로 나선 화수는 공중에서 지휘봉을 잡고 있었다.

"제1비행사단은 카자흐스탄 동부에 넓게 전선을 형성하고 감염자들이 더 이상 넘어올 수 없도록 파상공세를 펼치십시오."

ㅡ예, 알겠습니다.

"그리고 제1공병사단은 구(舊) 중국 지역에 지뢰를 매설하고 깊은 해자를 파서 더 이상의 전진을 저지하십시오."

―명을 따르겠습니다.

도무지 끝을 알 수 없는 싸움, 화수는 아직도 바이러스의 원인인 마족을 찾아다녔다.

하지만 여전히 그들의 행방은 오리무중이었으며 치료제의 연구까지 결렬된 상태였다.

'일이 잘 풀리지 않는군.'

이대로 일주일만 더 흘러간다고 가정해도 한국군 주둔 기지를 제외한 모든 국가가 시체 더미로 변해 버릴 것이다.

그렇게 되면 인류는 평생 전쟁에 시달리면서 살아갈 수밖에 없을 것이다.

그는 라이언을 찾기 위해 떠난 수색대를 연결하여 지금 작전의 진척에 대해 물었다.

"라이언 중사는 찾았습니까?"

―죄송합니다. 아직 찾는 중입니다.

"이런……. 한시라도 빨리 찾아야 합니다. 이대로 가다간 인류가 멸망하고 말 겁니다."

―예, 알겠습니다. 저희도 최선을 다하고 있으니 조금만 더 기다려 주십시오.

"그래요. 알겠습니다."

화수는 영상통화를 마치고는 이내 심란한 마음을 다잡았다.

지금 그가 흔들리게 되면 인류는 더 이상 살아갈 수 있는 발판을 잃게 될 것이니 스스로 컨트롤하는 수밖에 없었다.

"힘을 냅시다."

"예, 장관님!"

이제 믿을 것이라곤 인류의 근성뿐이었다.

*　　*　　*

베니스에 도착한 라이언은 자신이 준비해 두었던 배가 이미 떠나고 없음을 알 수 있었다.

그저 텅텅 빈 트레일러 한 대만 덩그러니 놓여 있는 것을 보면 아예 작정하고 이곳을 등진 것 같았다.

어쩌면 그가 원하던 것이 아주 조속히 이뤄져 다행이라고 생각했지만, 그래도 앞으로 또 고생길을 걸어갈 생각을 하니 머리가 지끈거려 왔다.

"후우, 이제 우리는 먼 바다를 여행할 수 있는 선박을 구해야 합니다. 그렇지 않으면 이곳에서 굶어 죽고 말 겁니다."

"그게 가능할까요?"

라이언은 선착장 근처에 있던 선박 대기소의 간판을 상기해 냈다.

"이 근방에 배의 열쇠와 연료를 보관하는 선박 대기소가 있을 겁니다. 그곳으로 가서 선박의 열쇠를 얻을 수만 있다면 불가능할 것도 없습니다."

"하지만 그곳에는 이미 감염자들이 득실거리고 있을 텐데요."

"물론 그렇겠지요. 하지만 우리는 저들보다 머리가 좋습니다. 미끼로 저들을 유인한다면 충분히 승산이 있어요."

"유인이요?"

라이언은 감염자들이 소리에 민감하며 스스로 자신을 제어할 수 없다는 점을 이용하기로 했다.

"저들의 시선을 집중시킬 수 있는 미끼만 있다면 충분히 승산이 있어요."

"미끼라……."

"이를테면 사람의 소리 같은 것 말입니다."

"아하, 그러니까 한쪽에서 좀비들의 시선을 빼앗는 동안 다른 한 사람이 열쇠를 가지고 오면 되겠군요."

"그렇지요."

그는 선착장에 정박해 있는 선박들을 가리키며 말했다.

"아마 저 정도의 경적이라면 충분히 동면에 들어간 놈들을 깨우고도 남을 겁니다. 당신이 연안에서 경적을 울려 주의를 끌어주신다면 내가 충분히 열쇠를 탈취할 수 있어요."

"하지만 만약 그것이 통하지 않는다면요?"

"다시 산으로 돌아가야지요. 야산이 안전하다는 보장은 없지만 이곳보다는 나을 테니까요."

"그렇군요."

한마디로 작전이 실패하면 더 이상 이곳에 머무는 것은 불가능하다는 소리나 다름없었다.

언제나 그렇듯 살아남기 위해선 반대로 목숨을 걸어야 하는 아이러니가 겹친다.

"좋아요, 내가 미끼가 될게요. 대신 꼭 살아서 돌아오세요. 당신마저 없다면 나는 금방 죽어버릴지도 몰라요."

"알겠습니다. 그건 걱정하지 말아요."

두 사람은 선박이 일렬로 늘어서 있는 선착장으로 향했다.

*　　*　　*

베니스의 소형 선박 선착장.

이곳에선 무려 열 대가 넘는 배가 경적을 울려댔다.

빠아아아앙!

경적은 청각이 예민한 감염자들을 깨워 베니스 일대에 한바탕 난리법석을 일으켰다.

"꺄아아아악!"

"메에롱! 여기다! 나를 먹어봐!"

그녀는 자동 경적 시스템을 설정해 놓고 도발을 자행하고 있었다.

잘못하면 감염자들이 물가로 뛰어들 수도 있겠지만, 아무리 감염자의 숫자가 많아도 바다를 가득 채워 그곳에 시체 계단을 만들 수는 없을 터였다.

A바이러스가 바다를 건너 전염되지 않은 이유는 바로 사람이 물에서 숨을 쉴 수 없기 때문이었다.

감염자 역시 사람의 신체 구조를 가지고 있기 때문에 아주 오랫동안 숨을 쉬지 못하면 살아갈 수 없다.

또한 수영을 할 줄 모르기 때문에 바다를 건너간다는 것은 어불성설이다.

오히려 그들이 대거 바다에 빠진다면 감염자의 숫자가 줄어들어 인간에게는 이로운 일이 발생하는 셈이다.

때문에 그녀는 마음 놓고 감염자들을 약 올리고 있었다.

빠앙, 빠앙!

"메롱! 약 오르지! 까꿍!"

"크아아아악!"

신선한 고기를 맛본 지가 벌써 보름이 넘었을 테니 감염자들은 약이 바짝 올라 있을 것이다.

만약 저곳에 사람이 들어간다면 딱 죽기 좋은 조건이지만 그저 도발을 위한 것이라면 오히려 잘된 일이었다.

고기에 눈이 멀어버렸기 때문에 오히려 경적 소리에 더욱 민감하게 반응하고 있었다.

그녀는 안전하게 좀비들을 불러 모으고 있었고, 그 틈을 타 라이언은 선박관리소로 잠입할 수 있었다.

이곳에 정박되어 있는 배는 모두 500척. 이 중의 대부분은 여행을 위한 요트였고 아주 일부분은 낚시를 위한 작은 보트였다.

라이언은 비교적 먼 바다를 여행할 수 있는 배들을 찾아다녔는데, 아주 적당한 물건을 찾을 수 있었다.

"50인승 정기선이라……. 아주 딱이군."

50인승 초소형 정기선은 제트스키부터 소형 구조선까지 없는 것이 없는 전천후 요새와 같았다.

생존을 위한 기반 시설은 물론이고 편안하게 잠을 잘 수 있는 숙박 시설에 비상 동력으로 사용할 수 있는 3단 돛까지 달려 있었다.

이 정도 크기와 성능이라면 태평양을 건너 미국까지도 갈 수 있었다.

그는 정기선의 열쇠를 훔쳐 달아나는 동시에 덤으로 무전기도 두 대 획득할 수 있었다.

비록 10㎞ 내외의 짧은 전파망을 가진 휴대용 무전기였지만, 두 사람이 생존하는 데 분명 큰 도움이 될 것이다.

"운이 아주 좋군그래."

운 좋게 열쇠와 무전기까지 구했으나 문제는 아직까지 이 건물 안에 좀비들이 다수 들어 있다는 것이다.

"끼엑?"

"…젠장!"

그는 곧장 열쇠를 들고 바다를 향해 미친 듯이 질주하기 시작했다.

무전기는 100% 생활 방수가 되기 때문에 이대로 바다까지 간다면 위협을 피해 다이빙을 할 수 있을 것이다.

지칠 줄 모르는 좀비들이라고 해도 물에서는 젬병이니 그곳까지만 가면 충분히 살 수 있었다.

"캬아아아악!"

"조금만 더……!"

이윽고 그는 맑고 시원한 바다에 몸을 던질 수 있었다.

풍덩!

"푸하!"

그를 따라서 바다에 뛰어든 좀비들은 비로소 자신들이 실수했다는 것을 깨닫곤 이내 미친 듯이 발버둥 치기 시작했다.

하지만 바다는 발버둥을 치면 칠수록 죽음과 더 가까워지는 법, 그는 유유히 그 근방을 지나쳐 자신이 타고 갈 정기선 위로 올라갔다.

그러곤 선장실로 들어가 시동을 걸었다.

부아아아앙!

"좋아, 걸리는군!"

그는 곧장 배를 몰아 그녀가 좀비 떼를 몰고 있는 현장으로 향했다.

"이봐요! 끝났습니다! 어서 타요!"

"네, 알겠어요!"

두 사람은 무사히 피신할 수단을 구해 베니스 연안을 빠져 나갔다.

*   *   *

피우메강 상류.

이제 곧 폭우가 쏟아지려는 모양이다.

우르릉!

일기예보를 받을 수 없는 상황에서 날씨를 예측하기란 생각보다 어려웠다.

그렇다고 갑골 점을 칠 수도 없는 노릇이니 갑자기 폭우를 만나게 되면 대처할 수 있는 방법이 없었다.

라이언을 찾기 위해 파견된 수색대는 잠수함을 타고 이동하는 중이지만, 강의 물살이 불어나면 잠수함을 타고 이동하기가 힘들어진다.

소형 잠수함의 경우엔 소용돌이에 버금가는 급류를 이겨
낼 수 있는 기능이 없기 때문이다.

보통 바다의 조류는 수면 위에서의 항해가 위험할 뿐 잠수
함의 경우엔 그 위험부담이 작다고 할 수 있었다.

그렇기 때문에 잠수함이 침몰하는 경우는 기능 고장이나
갯바위에 선체가 부딪쳐 좌초되는 경우뿐이다.

만약 일반적인 경우에서 잠수함이 침몰한다면 그것은 분
명 뭔가 큰 문제가 있는 것이다.

김성준 대령은 자꾸만 흐려지는 하늘을 바라보며 한숨을
내쉬었다.

"큰일이군요. 이대로라면 더 이상 잠수함을 타고 이동하기
가 힘든데 말이죠."

"하지만 별수 없지 않습니까? 잠수함을 버리면 이 많은 좀
비를 죽여가며 베니스까지 내려가야 하는데 말입니다."

"후우……."

걱정이 이만저만이 아니지만 이대로 더 지체했다간 아시
아 전 대륙이 좀비로 물들어 버리고 말 것이다.

더 이상의 위협을 없애기 위해선 반드시 라이언을 찾아내
야만 했다.

최대한 수면 위로 고도를 높게 잡은 채 잠수정을 운행하던

그들에게 이내 심각한 상황이 닥쳐왔다.

"하, 함장님! 전방에 암초 지대입니다!"

"제기랄! 우회할 수 있는 루트는?!"

"없습니다! 이대로 강행 돌파를 하는 수밖에는 답이 없습니다!"

"빌어먹을!"

이대로 강행 돌파를 감행한다면 잠수함은 분명 침수되고 말 것이다.

"어서 결단을 내려주십시오!"

"제길!"

가만히 생각에 잠겨 있던 그가 이내 다시 입을 열었다.

"이곳에 잠수정을 정박시키고 특작부대를 급파합니다."

"하지만 그렇게 되면 시일이 상당히 오래 걸릴 겁니다만?"

"어쩔 수 없습니다. 결과가 뻔히 보이는 도박에 잠수함을 걸 수는 없는 노릇 아닙니까?"

"알겠습니다. 그럼 계류가 약한 곳에 잠수함을 정박시키고 대기하도록 하겠습니다."

이윽고 잠수정은 그의 명령에 따라 방죽에 닻을 내리고 정박하게 되었다.

그는 남쪽으로 보트를 타고 내려갈 지원자들을 모집했다.

"목숨을 걸어야 하는 일입니다. 누가 가겠습니까?"

"3조가 가겠습니다."

"5조도 함께 갑니다."

"좋습니다. 그럼 3조와 5조가 남쪽으로 보트를 타고 내려가십시오. 아마도 저들 역시 같은 루트를 선택했을 테니 잘하면 그들과 마주칠 수도 있겠군요."

그는 생존에 필요한 필수품과 고무보트 두 대를 특작조에게 지원해 주기로 했다.

"이것으로 고생을 대신할 수는 없습니다만, 그래도 작전에 도움이 되었으면 합니다."

"이 정도면 충분합니다. 보트 없이 가면 훨씬 더 오래 걸릴 텐데 이것만 해도 감지덕지하지요."

"미안합니다. 이런 상황을 미리 예측하지 못해서……."

"아닙니다. 대자연을 예측할 수 있는 사람은 아무도 없습니다. 그러니 당신의 잘못은 아니지요."

이내 두 팀은 검은색 보트를 타고 남하하기 시작했고, 나머지 팀원은 이곳에서 대기하며 상황을 주시하기로 했다.

*　　　*　　　*

피우메강 중류.

이곳은 점점 더 물살이 거세져서 잘못하면 보트가 좌초되어 흔적도 없이 사라질 수도 있을 것 같았다.

하지만 특작조답게 급물살을 따라 안전하게 배를 몰았고, 감염자들이 득실거리는 베니스에 도착할 수 있었다.

그런데 그들은 베니스에서 조금 이상한 일이 벌어지고 있음을 알 수 있었다.

수많은 감염자가 선착장을 향해 달리고 있었는데, 그곳에서는 계속해서 배의 경적이 울리고 있었다.

"생존자다! 생존자가 있었던 것이 분명해!"

라이언은 좀비들이 소리에 반응한다는 것을 알고 있기 때문에 아마도 배를 탈취하기 위해서 이런 작전을 펼쳤을 것이다.

그렇게 결론을 내린 그들은 라이언이 이곳을 빠져나갔다고 단정 지었다.

"아아, 본부, 본부 나와라."

―네, 접니다.

"아무래도 VIP가 이곳을 빠져나간 것 같습니다. 이곳에 도착해 보니 아주 난리도 아니군요."

무전기 너머로 주변의 상황을 전해 듣고 있던 김성준 대령 역시 비슷한 생각을 했다.

―으음, 역시 경적 소리가 들리는 것을 보니 이곳을 빠져나간 것이 확실하군요.

"어떻게 할까요?"

─일단 비가 그칠 때까지 기다렸다가 출발하기엔 너무 늦을 것 같습니다. 할 수 있다면 주변에 있는 배를 타고 그들을 따라가는 것이 좋겠지요.

"알겠습니다. 조금 부담이 되긴 하지만 한번 해보는 데까지 해보겠습니다."

─좋아요,. 그럼 무운을 빌겠습니다.

"입감."

20명의 특수부대원은 좀비들이 득실거리는 선착장을 에둘러 돌아간 후 곧장 선박관리소를 찾았다.

하지만 여전히 그곳에는 미쳐 날뛰는 감염자들이 자리를 잡고 있었다.

지정 사수들과 저격수들은 정신이 나가 버린 감염자들의 머리통을 차분하게 날려 버렸다.

피융, 서걱!

단 일격에 적을 제압한 그들을 대신해 소총수들이 앞으로 튀어 나가면서 남은 적들을 하나씩 제거했다.

핑핑핑!

"클리어!"

"좋아, 지금 이대로 돌격하여 쓸 만한 보트가 있는지 찾아보도록 하자."

"입감!"

아마 소형 선박을 총괄하는 곳이니만큼 20명 남짓한 인원이 탈 수 있는 장비는 대거 있을 것이다.

부대원들은 신속하게 선박관리소를 뒤지기 시작했고, 출항일지와 함께 정원 30명의 어선을 확보할 수 있었다.

"선착장 한가운데 배가 있긴 합니다만, 헤엄치면 충분히 갈 수 있습니다."

"좋아, 그럼 그곳으로 신속하게 이동하여 배에 탑승하도록."

두 명의 팀장을 따라서 바닷가까지 달려간 부대원들은 총을 밀봉포에 집어넣고는 이내 고깃배를 향해 헤엄치기 시작했다.

그런 그들을 향해 감염자들이 비명을 질러댔지만, 더 이상 앞으로 나오지는 못했다.

"후후, 멍청한 놈들. 역시 뇌가 제 기능을 하지 못하는 것이 확실해."

"그러게 말이야."

감염자들은 A바이러스에 노출되는 순간 뇌가 제 기능을 상실하는 것으로 알려져 있다.

때문에 고통을 느끼지 못하며 일반적인 사고를 할 수 없었다.

그러니 오로지 배고픔과 폭력이라는 원초적인 본능에 이끌려 사람들을 공격하고 생고기를 뜯어 먹는다.

20명의 특작부대원은 물에 가까이 오지 못하는 좀비들을 뒤로한 채 목표 어선에 도달할 수 있었다.

"전원 다 무사한가?"

"예, 그렇습니다."

"다행이군. 쉽지 않은 작전이었는데 말이야."

팀장들은 자신의 의무를 다하는 작전을 수행하고 있었지만, 그래도 부하들을 모두 살려서 돌아가는 것을 첫 번째 목표로 하고 있었다.

이러니 더 이상 부하들이 죽어나가는 것은 절대 사양이었다.

고깃배를 점령한 20명의 특작부대원은 떠나간 라이언을 따라서 배를 몰기 시작했다.

*   *   *

항해 삼 일째.

하루도 쉬지 않고 비가 내리고 있다.

망망대해에서 풍랑을 만난 라이언은 근처에 있는 무인도에 선박을 정박시켜 놓고 잠시 비를 피하기로 했다.

바다 한가운데에서 생겨난 풍랑은 소용돌이를 만들어내기도 하며 거대한 파도를 생성하기도 한다.

때문에 이런 풍랑이 일 때에는 그저 잠시 섬에서 대기하면서 때를 기다리는 편이 나았다.

먹을 수 있는 식량이 얼마 남지 않았지만 긴장의 끈을 잠시 놓기엔 안성맞춤인 섬이었다.

라이언은 섬에서 구한 과일과 빗물로 수분을 보충한 후 최대한 움직임을 자제하며 풍랑을 떠나보냈다.

지금 바깥의 상황이 어떤지 정확하게 알 도리는 없지만 아마도 한국군 기지가 있는 평양까지 바이러스가 침투할 수는 없을 것이다.

현재 한국군의 국방력은 가히 SF영화에 비견될 정도이기 때문에 제아무리 많은 좀비가 달려든다고 해도 충분히 방어할 수 있을 터였다.

그러나 문제는 한국을 제외한 나머지 국가들이 과연 얼마나 버틸 수 있느냐 하는 것이었다.

그는 A바이러스를 집중적으로 연구해 온 그녀에게 앞으로의 상황에 대해 물었다.

그러자 그녀는 아주 절망적인 표정으로 답했다.

"아마 우리가 치료제를 개발하지 못하면 인류는 더 이상 빛을 보지 못할 거예요. 옛 중국은 물론이고 러시아 역시 수많은 소수민족을 포함하고 있어요. 때문에 중앙정부의 힘이 덜 미치는 곳이 많지요. 그것은 무엇을 뜻하느냐, 바로 국방력의 비평준화를 뜻하지요."

"그러니까 한마디로 군대가 손을 뻗지 못하는 곳이 많아서 감염자의 숫자가 많아질 것이라는 소리군요?"

"맞아요. 거기에 이들 대부분은 모두 전범 국가이니 병력도 그리 많지 않을 겁니다. 더군다나 전쟁 직후라서 군사시설이 거의 다 파괴되었고요."

3차 세계대전이 터진 이후의 삶은 이전에 비해 무려 30년이나 퇴보했다고 해도 과언이 아니었다.

거기에 군사시설은 거의 다 초토화되었기 때문에 한국군이 아니라면 아시아에서 좀비를 제대로 상대할 수 있는 나라는 없었다.

이것은 추가 전쟁을 억제하기 위한 장치였지만, 결국 좀비들에게 허를 찔린 셈이 되어버렸다.

라이언은 깊은 한숨을 내쉬었다.

"후우……. 내가 조금 더 일찍 용기를 냈더라면 이런 일은 없었을 텐데……."

"그런 말 하지 마세요. 이건 누가 뭐라고 해도 불가항력적인 일이에요. 아무리 당신이 일찍 정신을 차렸어도 결과는 똑같았을 거예요. 그러니 너무 자책하지 마세요."

"…고맙습니다."

지금 선발대가 평양으로 향했을 것으로 보이지만, 그들이

단기간 내에 답을 찾아낼 것이라곤 전혀 생각되지 않았다.

그러니 라이언의 어깨는 점점 더 무거워졌다.

그녀는 그런 그를 다독이며 용기를 북돋아 주었다.

"힘을 내요. 당신이 힘을 잃으면 내가 살아갈 수 있는 수단이 없어지잖아요."

"후후, 그건 그렇군요. 미안합니다. 괜히 못난이 짓을 해서 말입니다."

"별말씀을. 어차피 당신도 사람인데 그러지 말라는 법 있어요?"

라이나는 그에게 물을 약간 섞은 보드카를 권했다.

"이것을 마시고 잠을 청해 봐요. 어차피 이곳에는 감염자들도 없잖아요? 해가 뜰 때까지 잠이나 자자고요."

"하긴 무인도라서 감염자들이 달려들 일은 없겠군요."

무인도의 가장 좋은 점과 나쁜 점이라면 바로 이곳에 거주하는 사람이 없다는 점이다.

사람이 없어서 감염자도 없지만, 또한 생존자 역시 찾아볼 수 없다.

두 사람은 오랜만에 교대 근무를 서지 않고 잠을 청할 수 있었다.

*   *   *

삼 일 동안 내리던 비는 일주일이 지나도 그치지 않았다.

이제 슬슬 식량이 떨어져 가고 있었고, 이대로라면 한국에 도착하기도 전에 굶어 죽을 판이다.

라이언은 이대로 굶어 죽을 수 없다는 생각에 자신의 옷에 붙어 있는 실을 한 올 한 올 풀어서 낚싯줄을 만들었다.

그리고 저번에 그가 바다에서 잡은 말린 물고기를 바늘에 끼워서 던지기로 했다.

휘리릭, 타악!

바다에는 무수히 많은 생물이 살아가는데, 인간이 해저에 대해 아는 것이라곤 거의 희박했다.

그만큼 어마어마하게 많은 물고기가 있기 때문에 분명 식성이 잡식이거나 육식인 물고기도 존재했다.

바다를 부유하는 미끼를 먹기 위해 바늘을 문다면 오늘 두 사람은 배가 터질 때까지 푸짐하게 먹을 수 있을 것이다.

하지만 낚시는 파도가 워낙에 많이 쳐서 도저히 감을 잡을 수가 없었다.

"젠장, 이대론 안 되겠습니다."

결국 그는 배의 안전장치에 달려 있는 나일론 줄을 일일이 풀어낸 후 그것을 꽈배기 모양으로 꼬아 그물을 만들었다.

확실히 이곳에 그물을 쳐 놓으면 물고기들이 알아서 잡힐 테니 반나절만 지나면 배를 채울 수 있을 것이다.

일단 그물을 쳐 놓은 라이언은 바로 그 자리에 누워 잠을 청했다.

이럴 때엔 조금이라도 더 잠을 자서 에너지를 아끼는 게 좋았다.

다음 날, 그물을 건져 올린 라이언은 쾌재를 불렀다.

"오오! 물고기가 한가득이군요!"

"그러게 말이에요. 당신, 못하는 것이 뭐예요?"

"하하, 나라고 완벽하겠습니까? 하지만 이번에는 정말로 운이 좋았네요."

찢어지기 일보 직전까지 축 늘어진 그물을 아슬아슬하게 배 위로 올렸다.

그 안에는 문어를 비롯한 각종 해산물이 가득 들어 있었다.

이제 두 사람은 이것을 잡아서 내장을 제거하고 다시 그 내용물을 말려 오래 먹을 수 있는 음식으로 만들 것이다.

하지만 두 사람은 오늘 잡은 것들 중에서 튼실한 놈들을 선별하여 일단 급한 불부터 끄기로 했다.

"마침 아귀가 잡혔네요. 한국에선 아귀를 찜으로 해먹는답니다. 맛이 좋다니 한번 먹어봅시다."

"그래요. 지금 이 마당에 뭔들 맛이 없겠어요?"

더 이상 배를 곯았다간 쓰러져 일어나지 못할지도 모른다.

두 사람은 더 볼 것도 없다는 듯 물고기를 손질해서 먹기 좋게 요리했다.

*   *   *

위구르공화국 북부 전선.

한국군 보병 15만이 투입되어 전선을 확충하고 있었다.

화수는 한꺼번에 군사를 대거 투입하여 좀비 떼를 일부 박멸하고 지뢰 지대를 만들어낼 생각이다.

"제1군, 좌현으로 투입하십시오."

─예, 장관님.

백야함에 올라 전장을 총괄하던 화수는 뜻밖의 보고를 듣게 되었다.

"장관님, 이것을 좀 보셔야 할 것 같습니다."

"무슨 일입니까?"

"정체불명의 구멍에서 감염자들이 마구 쏟아져 나오고 있습니다. 아무래도 지하에 통로가 있거나 누군가 일부러 감염자들을 생산해 내는 것 같습니다."

순간, 화수는 재빨리 백야함 정찰 드론 화면으로 고개를 돌렸다.

"어디입니까?!"

"이쪽입니다."

그는 화면 조절 레버로 검은색 구멍을 조금 더 크게 확대하여 살펴보았다.

마치 검은색 아지랑이가 피어나는 것 같은 구멍, 그것은 바로 차원의 틈이라고 불리는 래서 보이드였다.

'이런 말도 안 되는 일이 다 있나?!'

분명 차원의 틈은 마나의 왜곡 현상 때문에 더 이상 열리지 않게 되었다.

그것은 샤넬리아가 확인한 사실이며, 화수 역시 그렇다고 확신하고 있는 일이다.

아무래도 그 정체불명의 마족이 다시 래서 보이드를 만들어낸 것 같았다.

화수는 직접 그곳을 시찰하기로 했다.

"해당 지역으로 집중 포격을 퍼붓고 군사 거점을 만드십시오. 저놈들이 더 이상 기어 나오지 못하도록 막아야 합니다."

"네, 알겠습니다."

"인근의 감염자들을 처리하고 나면 입구 주변에 철책을 세우로 그 밖에 지뢰를 매설하십시오. 저곳을 봉쇄하고 근방에 진을 치겠습니다."

"예, 장관님."

이윽고 그는 마도학자들을 소집했다.

각 지역에서 자신만의 직무 수행을 위해 최선을 다하고 있던 그들은 아무런 말도 없이 단 하나의 동영상만 받았음에도 불구하고 서둘러 비행기 편을 준비하고 있었다.

[한 시간 안에 도착한다.]

[해당 지역으로 날아가는 중입니다. 두 시간만 기다려 주십시오.]

각각 화수의 핸드폰으로 도착 예정 시간을 통보했고, 그는 이제 아래로 내려갈 준비를 서둘렀다.

"정찰선을 준비해 주십시오. 아래로 내려가 저공비행으로 주변을 살펴야겠습니다."

"예, 장관님."

화수는 파일럿 두 명과 특수부대원 네 명을 대동한 채 래서 보이드 근처로 내려갔다.

8장

치부(恥部)

　백야함 내부에 상비되어 있던 정찰선에 오른 화수는 래서
보이드로 예상되는 검은 구체의 주변을 돌아다니며 그 형질
을 조사했다.

　우-우-우-웅…….

　처음에는 파일럿과 호위 병력을 대동했지만, 이제는 마도
학자들이 도착하여 그들은 다시 백야함으로 돌아간 상태였
다.

　대신 그들이 탄 정찰기 주변에 검독수리 헬기 100대가 선
회 비행을 펼치며 호위에 나섰다.

샤넬리아는 끝도 없이 감염자들을 토해내고 있는 래서 보이드를 바라보며 말했다.

"내 예상이 맞는다면 저건 분명 그 미치광이 마법사가 발견한 래서 보이드가 확실해."

"하지만 차원의 틈은 이미 막혔다고 하지 않았나?"

"이론적으로는 그랬지. 너도 느껴서 알겠지만 더 이상 차원의 틈에선 마나가 흘러나오지 않았어."

"그렇다면 저건……."

"최소한 최상급 마족이 만들어낸 이계의 틈이야."

이 세상에는 수많은 세계선이 존재하고, 그 세계선을 넘나들 수 있는 방법은 오로지 차원의 문을 넘어야 한다.

하지만 그 차원의 문은 이계의 틈바구니 구석에 있기 때문에 시간과 공간이 왜곡된다.

때문에 극도의 마이너스 에너지를 뿜어내게 되며, 일반적인 상식으론 인간이 그곳을 통과하는 것은 불가능하다고 알려져 있다.

그나마 샤넬리아는 자신의 생명을 걸면서까지 마나코어를 온몸 구석구석에 장착했기 때문에 산화되지 않고 이계의 틈을 넘어올 수 있었다.

하지만 그로 인해 이계의 틈은 점점 좁아져 이내 지구로 들어오는 세계선은 굳게 닫히고 말았다.

그러나 극 마이너스의 마력으로 이뤄진 마족이라면 충분히 세계선을 넘나들 수 있을 것이다.

"정말 마족이라는 존재가 이곳에 넘어왔다면, 도대체 무슨 이유에서 온 것일까?"

화수는 샤넬리아에게 추론을 부탁했지만 그녀 역시 자세한 것은 알 수가 없었다.

"그건 알 수가 없지. 내가 그 본인이 아닌 이상에야 진의를 파악할 수는 없지 않겠어?"

"흐음……."

"하지만 한 가지 확실한 것은 마족 한 명이 이 많은 좀비를 소환하기란 사실상 불가능하다는 거야."

"그렇다면 또 다른 흑막이 있다는 소리인가?"

"그럴 수도 있고 그 마족의 신하 중에 좀비를 소환하는 무리가 존재하고 있을지도 모르지."

지금 당장 그들이 알아낼 수 있는 것은 아무것도 없었다.

다만 누군가 마법으로 끝도 없이 소환해 내고 있다는 것만큼은 확실했다.

"그나저나 이 사태를 어떻게 하면 좋습니까? 이러다가 정말 지구가 초토화되고 말겠습니다."

"방법이 있겠습니까? 그저 보이는 족족 놈들을 족치는 수밖에요."

지구를 구하는 방법은 오로지 싸움, 끝도 없는 전투뿐인 모양이다.

화수가 이제 슬슬 백야함으로 정찰기를 몰려던 바로 그때였다.

―장관님! 5군 사령관 정석춘 대장입니다!

"무슨 일입니까?

―이것을 좀 보십시오!

그는 화수가 타고 있는 정찰선으로 사진을 한 장 전송했다.

그런데 그 사진 속에는 생전 처음 보는 풍경이 연출되어 있었다.

"이게 도대체……."

폐허가 되어버린 뉴욕의 빌딩 숲에는 이끼, 혹은 시체가 썩어서 만들어진 부유물 같은 것이 잔뜩 끼어 있고, 하늘은 온통 검은색 먹구름으로 뒤덮여 있었다.

이것은 도저히 누군가 일부러 만들지 않고선 설명을 할 수 없는 현상이었다.

"이 도시에 대해 조사한 사람이 있습니까?'

―죄송합니다만 이 사진도 무인정찰선으로 간신히 찍은 겁니다. 더 이상 자료는 수집할 수 없습니다.

"자료를 수집할 수 없다?'

―이런 비행 물체가 주변을 떠다니고 있어 힘듭니다.

그는 다시 한 번 사진을 전송했고, 그 사진 속에는 샤넬리아와 화수만이 아는 생명체가 가득 들어 있었다.

"가고일!"

—가고일이요?

"가고일은 고대 생명체로 알려져 있지만, 가끔 대륙붕을 뚫고 나와 인간들을 학살했어요."

루야나드 대륙에선 마족들의 하수인으로서 돌의 형태로 잠들어 있다가 극 마이너스 마력을 받으면 깨어나는 괴물이 존재했다.

사람들은 그 생명체를 가고일이라고 불렀으며, 신마대전이 끝난 이후로 딱 두 번 모습을 나타낸 것으로 알려져 있었다.

그러나 화수나 샤넬리아 역시 실제로 가고일을 본 적은 없었다.

실제 그들은 고대에서부터 살아남은 생명체로서, 살아 있는 화석과 같기 때문이다.

그런 가고일이 모습을 드러냈다는 것은 마족이 이 땅에 발을 들였다는 뜻이기도 했다.

"확실하군. 저놈들은 작정하고 이곳으로 온 거야."

"…도대체 놈들이 무슨 생각을 하고 있기에…….."

마족은 반신, 그러니까 신과 인간의 중간 형태의 종족이기 때문에 일반 사람은 마족의 존재조차 알지 못한다.

그저 설화에서나 악마로 묘사될 뿐, 그들이 어떤 생활을 하고 있는지 제대로 알 수 있는 사람은 없었다.

때문에 아무리 방대한 지식을 가진 화수라고 해도 그들에 대해 전혀 알지 못했다.

화수는 저들이 도시를 병들이고 그 안에서 무언가를 계획하고 있다고 생각했다.

"아마 도시를 병들게 해 다른 도시들을 침략할 기반을 닦고 있겠지."

─그것을 막을 수 있는 방법은 없습니까?

"자세한 것은 알 수 없습니다만, 오염된 도시를 파괴하면 가능하지 않겠습니까?"

─흐음……

"어디까지나 제가 말하는 것은 추론일 뿐입니다. 사람인 이상 마족에 대해선 전혀 알 수가 없으니까요."

이제 그들은 더 이상 땅을 빼앗기지 않기 위해 더욱 처절하게 싸워야 할 필요성을 느꼈다.

"우리는 내일 뉴욕으로 진군할 겁니다. 준비하세요."

─네, 알겠습니다.

화수는 한국군이 주둔하고 있는 모든 영토에 방위군을 보내고 군 기반 시설을 빼앗기지 않기 위한 방어선 구축에 돌입했다.

*   *   *

옛 미국령 뉴욕주.

이곳은 이미 시체 썩은 냄새가 진동하는 핏빛 대지로 바뀐 지 오래였다.

세계 최고의 경제 기반을 가지고 있던 뉴욕은 이제 더 이상 살아 있는 생명체가 살 수 없는 환경이 된 것이다.

하지만 아이러니하게도 그곳에는 아직 멀쩡하게 움직이는 생명체가 득실거리고 있었다.

"끼에에에엑!"

"쿠어어어억!"

좀비와 구울들이 거리를 활보하고 있었고, 그 등에는 사람의 몸통만 한 짐 틀이 달려 있었다.

그리고 그 짐 틀에는 인근 빌딩에서 채취한 것으로 보이는 석회석 덩어리가 잔뜩 실려 있었다.

놀랍게도 지성이 없는 것으로 알려져 있는 좀비들이 도시에서 채석 작업을 하고 있었던 것이다.

그런 좀비들의 주변에는 타오르는 녹색 구체가 360도로 회전하면서 그들을 감시하는 것 같았다.

"끼에에엑……."

줄을 지어 끝도 없는 작업이 펼쳐지던 가운데, 한 좀비가 더 이상 움직이지 못한 채 쓰러지고 말았다.

그러자 녹색 구체가 좀비의 얼굴로 날아가 살포시 내려앉았다.

끼이이이잉…….

순간, 좀비는 체내에 가지고 있던 혈액이 모두 독성 물질로 바뀌면서 빠르게 부패하기 시작했다.

구국, 구구구국……!

마치 아주 오래된 화장실 변기 안에 들어 있는 대변처럼 회색으로 산화한 좀비는 그대로 병든 도시의 밑거름이 되고 말았다.

이런 광경은 도시 곳곳에서 펼쳐지고 있었는데, 이 때문에 대지는 더 이상 회생이 불가능한 상태로 변해갔다.

한마디로 지금 뉴욕은 서서히 생명력을 잃어가고 있다는 뜻이었다.

이렇게 차근차근 죽어가던 도시의 대부분은 회색 건물들이 크게 자리를 잡고 있었는데, 원래 인간이 만든 건물과는 확연하게 차이가 있는 것 같았다.

주변은 온통 검은색 정체불명의 돌로 둘러싸여 있고, 그 안에는 녹색 불빛이 끝도 없이 뿜어져 나오고 있었다.

쿠구국, 쿠구국……!

한데 그런 괴상망측한 건물들은 그 크기와 형태가 다 달랐는데, 아무래도 저마다 무언가 특정한 역할을 하는 것 같았다.

좀비와 구울들은 자신의 몸이 모두 다 해져 없어질 때까지 이 건물을 만드는 원료인 콘크리트 덩어리를 나르다 죽음의 대지로 사라지는 것이었다.

그런 건물의 중앙에는 마름모꼴의 건물이 기이한 형태로 서 있었는데, 바닥에는 마름모의 꼭지 부분을 떠받들고 있는 마법진이 보인다.

도시 중앙에 세워진 이 건물은 마치 두 개의 원판 중간에 마름모꼴의 암석을 세워놓은 것 같은 형태를 띠고 있었다.

그리고 그 건물로 돌과 나무, 시체 등이 줄을 지어 들어가고 있었다.

사각사각.

각종 원자재를 갈아서 새로운 물체를 생성하는 마름모꼴 건물의 측면에서는 검은색 암석 덩어리가 각기 다른 형태로 만들어져 나왔다.

그 이후에는 다시 좀비들이 그것을 운반하여 새로운 건물 부지로 보이는 도시 외곽으로 향했다.

"끼엑, 끼엑……."

적어도 30톤은 거뜬히 넘어 보이는 암석 100개를 운반하는 좀비들의 온몸은 압력을 견디지 못하고 터지거나 그 암석에 깔려 찢겨 나갔다.

하지만 그런다고 작업이 중단되거나 안전을 위한 장치를 추가하는 등의 일은 벌어지지 않았다.

어차피 그들은 죽어서 이곳을 오염시키는 거름이 되기 때문이다.

쿠극, 쿠극……!

물컹물컹한 도시의 바닥을 미끄러지듯 스쳐 지나간 암석 덩어리는 이제 엄청난 크기의 살점 덩어리와 마주하게 되었다.

"꾸룩, 꾸룩!"

인간의 살점으로 보이는 것들을 마주 꿰매어 만든 살점 덩어리는 아주 큰 거인의 형태를 띠었다.

그 크기는 무려 5층 건물과 맞먹을 정도였으며, 근력은 10톤짜리 암석을 가뿐히 들어 올릴 수 있었다.

이 정도의 근력을 가진 생명체라면 굳이 크레인이 필요하지 않을 것 같았다.

쿠웅!

100개의 암석을 차곡차곡 쌓은 살점 덩어리들은 이내 그 외벽에 녹색 물질을 덕지덕지 발라 암석 덩어리를 고정시켰다.

잠시 후, 그 암석 덩어리들은 녹색 물질을 흡수하면서 완전한 하나로 변했다.

구구그그그그극!

암석 덩어리의 안쪽에서는 다른 건물들과 비슷한 색의 녹색 빛이 흘러나오고 있었는데, 이번에는 그 빛의 색이 핏빛을 띠고 있었다.

우웅, 우우우웅!

이윽고 암석 덩어리로 만든 거대한 건물 안에서 약 3미터 80센티미터에 달하는 인영이 빛과 함께 밖으로 튕겨져 나왔다.

퍼엉!

"크헥, 크헥!"

좀비를 비롯한 시체들은 그 인영을 향해 경외의 표시로 절을 했다.

"끼엑, 끼엑……."

"꾸륵, 꾸륵……."

바닥에 머리를 쿵쿵 찧으면서 절을 해대는 모습이 꼭 왕이나 신을 떠받드는 사람들 같았다.

이내 자리에서 일어난 정체불명의 사내는 고개를 들어 주변을 둘러보았다.

"흐음, 꽤나 짜임새 있게 식민지를 건설하고 있군."

그는 거의 4미터에 육박하는 몸을 이끌고 중앙에 있는 마름모꼴 건물로 향했는데, 발이 땅에 닿지 않아 소리가 나지 않았다.

공중에 둥둥 떠다니는 그의 주변으로는 핏빛 오라가 뿜어져 나와 괴기스러운 분위기를 자아내고 있었다.

그런데 그 괴기스러운 분위기는 괜히 만들어지는 것이 아닌 것 같았다.

핏빛 오라는 그가 걸어가는 길목마다 붉은 피의 안개를 만들어내어 공기를 오염시키고 있었다.

한마디로 그의 곁에는 공기마저 죽음으로 변해가고 있었던 것이다.

잠시 후, 그는 이내 마름모꼴 건물로 들어가 버렸다.

"끼엑, 끼엑⋯⋯."

"쿠륵, 쿠륵⋯⋯."

여전히 좀비들과 살점 덩어리들은 그가 사라진 곳을 향해 고개를 조아렸다.

* * *

인간들에게는 리치왕, 혹은 혈왕이라고 알려진 라이몬드는 마왕 데이블의 충직한 신하이자 형제이다.

데이블과 함께 핏빛 바다에서 태어난 그는 1만 년 전, 마족을 이끌고 천계를 차지하기 위한 전쟁을 벌였다.

천계와 중간계를 피로 물들였던 그 전쟁에서 마왕 데이블은 천족장 미카엘에게 패배하여 다시는 깨어날 수 없도록 봉인되어 버렸다.

하지만 라이몬드는 자신의 신체 반쪽을 포기하여 간신히 전장에서 빠져나와 지하 세계 틈바구니로 숨어들었다.

천족은 그를 찾기 위해 무려 5천 년간이나 온 세상을 다 뒤졌지만 그 행방을 알아낼 수 없었다.

그 5천 년 동안 라이몬드는 자신의 온전한 몸을 회복하였고, 지하에 다시 마국을 세웠다.

라이몬드는 마국을 채울 신하들을 모으기 위해 죽어 있는 시신들을 다시 살려냈다.

그 과정에 희생된 인간들의 목숨은 무려 100만이 넘었는데, 그 목숨은 전부 루야나드 대륙 전쟁에서 충당할 수 있었다.

인간의 끝도 없는 욕심은 오히려 그에게 피와 살이 되었고, 결국 마국은 예전의 강성한 세력을 되찾을 수 있게 되었다.

무려 200만의 마족과 2천 명의 신하를 되살려낸 라이몬드는 다시 한 번 마계의 부흥을 꾀하기 위해 마왕 데이몬을 부활시키기로 했다.

하지만 이미 한 번 봉인을 당한 데이블이 깨어나기란 사실상 불가능한 일이었다.

이미 그의 시신은 루야나드 대륙 곳곳에 나뉘어 뿌려져 있었으며, 강력했던 영혼 역시 라이몬드가 전혀 알 수 없는 곳에 숨겨져 있었던 것이다.

그러나 마왕 데이몬을 부활시킬 수 있는 방법이 아주 없는 것은 아니었다.

이 세상에서 가장 순수하면서도 추악한 인간의 심장에 마족의 씨앗을 심어놓고 피로 그 손을 물들이는 것이었다.

그렇게 되면 그의 심장에 잠들어 있던 씨앗이 온몸을 병들게 하고 끝내는 썩어가는 시신으로 다시 태어날 수 있게 된다.

그 시신에 데이몬의 영혼을 불러들이는 의식을 치르면 봉인은 풀리게 되는 것이다.

라이몬드는 이 세상에서 가장 순수하면서도 추악한 사람으로 나르서스 제국의 황제 레비로스를 선택했다.

레비로스는 제국을 위해 기꺼이 자신의 손에 피를 묻혔지만, 속으로는 스스로에게 평안이 찾아오기만을 바랐다.

그러는 동안 자신의 친구인 카미엘을 죽여 평화를 되찾았으며, 죽을 때까지 괴로워하다 죽었다.

그는 순수한 무인의 영혼을 가졌으면서도 제국을 위해 스스로를 희생하여 영혼을 병들게 했다.

한마디로 그는 라이몬드가 찾는 가장 적합하고도 완벽한 영혼이었다.

나르서스 제국을 죽기 직전까지 통치하던 레비로스였지만 말년에는 마족의 씨앗에 조종당해 제정신이 아닌 상태로 살아갔다.

그 도중에 라이몬드는 레비로스를 통해 데이몬의 시신을 모두 찾아낼 수 있었다.

결국 레비로스가 죽어 땅에 묻힐 때 라이몬드는 데이몬을 다시 부활시킬 수 있었던 것이다.

데이몬은 완전체가 되어 되살아났지만 이미 그는 이 세계에 대한 미련이 없었다.

아니, 그 야욕은 이제 천계가 아닌 타 차원을 자신만의 땅으로 만들겠다는 데까지 미친 것이다.

라이몬드는 기꺼이 그 소원을 이뤄주겠노라 다짐했고, 자신의 동생을 위해 차원의 문까지 만들어낸 것이다.

두 형제는 루야나드 대륙을 벗어나 지구로 들어오는 세계선을 발견했고, 천족의 추격을 피해 세계선을 넘는 데 성공했다.

지금 그들의 기반은 약 3분의 1가량 지구로 넘어왔고, 이제 슬슬 지구 전체를 죽음으로 물들일 수 있게 된 것이다.

마왕 데이몬이 기거하고 있는 마족 군영.

이곳으로 드디어 그의 형제이자 재상인 라이몬드가 강림 했다.

데이몬은 자신의 군영에 강림한 라이몬드를 맞아 대공의 칭호를 내리고 직접 부복하여 예를 갖추었다.

"형님 오셨습니까?"

"일어나십시오, 대왕이시여."

라이몬드는 데이몬을 일으켜 그를 다시 옥좌에 앉혔다.

그런 그를 필두로 모인 50인의 제후는 일제히 부동자세를 취했다.

척!

"재상을 뵙습니다!"

"모두들 왕국의 기틀을 닦느라 노고가 많다."

"아닙니다. 당신께서 우리를 살려주신 노고에 비하면 아무 것도 아니지요."

비록 그의 칭호는 대공이나 재상이었지만, 실질적으로 마 국의 대왕은 라이몬드나 다름없었다.

그가 마음만 먹었다면 스스로 마왕을 자처했을 테지만, 라 이몬드는 동생이 마왕으로서 더 뛰어난 자질을 가졌다고 믿 었다.

그래서 처음 마국의 군대를 조직했을 때에도 동생을 왕좌 에 앉혔던 것이다.

그는 진정한 마족의 터전을 닦기 위해 자신의 모든 것을 희생해 왔다.

마왕의 신하들은 그 사실을 너무나도 잘 알기에 그를 기꺼이 따르고 숭배했다.

한마디로 그는 마족에게 있어서 정신적 지주와 마찬가지였던 것이다.

그는 옥좌의 오른편에 서서 휘하의 제후들에게 말했다.

"이제 우리는 이곳 지구에 광활한 마족의 영토를 만들 것이다. 지금 마왕께서 계신 곳을 임시 수도로 삼고 계속해서 땅을 넓혀 제후국을 건설한다. 그리고 종국엔 이 지구를 통째로 마왕께 바쳐야 한다."

"예, 각하."

데이몬은 자리에서 일어나 마왕의 권능이 담긴 대검을 뽑아 들었다.

챙!

"진격을 시작하라!"

"예, 폐하!"

드디어 마계의 정신적 지주가 돌아왔으니 데이몬은 이제 거칠 것이 없었다.

그는 뉴욕 지역에서 만들어지고 있는 각종 죽음의 군대를 이끌고 인간들을 처절하게 짓밟을 것이다.

      *   *   *

A바이러스 발병 한 달째.

이미 서유럽의 모든 국가는 무정부 상태에 처해 있었고, 미국은 더 이상 국가라 부르기 힘들 정도로 황폐화되어 있었다.

이들을 구제하기 위한 유엔군은 벌서 나흘째 후퇴만 거듭했다.

화수는 뉴욕으로 진군하기 위해 공군에 해군까지 모두 다 동원하고 있었지만 도저히 저 많은 좀비를 제거할 수가 없었다.

하루 평균 50만 마리의 좀비들을 해치우고 있었지만 놈들은 죽은 만큼 다시 되살아나 연합군을 압박했다.

아무리 무기가 발달되었다고 하나 이렇게 마구잡이식으로 증식하는 좀비를 상대하는 일은 거의 불가능에 가까운 일이었다.

한데 이런 상황에서 연합군을 아예 한국의 울타리 안에 가둬 버리는 사건이 발생했다.

그것은 바로 정체불명 군단의 출현이었다.

도저히 인간의 상식으로는 그 정체를 알아낼 수도 없는 괴상망측한 괴물들이 아메리카 대륙에서부터 슬슬 그 모습을 드러내었다.

좀비와 구울은 물론이고 시체를 이어 붙여 만든 누더기 형태의 거인들까지 군도를 이뤄 인간들을 공격했다.

또한 공중에는 가고일을 비롯한 수많은 괴생명체가 출몰하여 공군을 출격시키기조차 어려울 정도였다.

화수는 그들에 대한 아무런 정보와 지식도 없었기 때문에 적절한 대처를 할 수가 없었다.

그 때문에 인간의 진영은 아시아와 동유럽에서 동북아시아 한 구역으로 좁혀지고 말았다.

유럽과 아메리카, 오세아니아, 중동아시아, 동남아시아, 유라시아까지 전부 괴생명체들에게 넘어가는 데 걸린 시간은 불과 나흘이었다.

지금까지 죽어나간 사람들의 숫자는 도합 30억.

괴생명체의 숫자로 보아 동북아시아를 모두 다 지키기도 힘들 정도였다.

그나마 한국의 군대가 한곳으로 몰려들었기 때문에 더 이상 영토가 좁아지지 않고 유지하고 있었다.

그러나 동북아시아에 국한된 영토만으로 피난 온 많은 사람을 어떻게 수용할 수 있을지가 의문이었다.

원래 동북아시아의 인구는 20억이 채 되지 않았다. 그런 상황에서 10억이나 되는 인구를 추가로 수용한다는 것은 현실적으로 불가능했다.

하지만 화수는 그 모든 난민을 수용하여 삶의 터전을 만들어주어야 한다고 주장했다.

군의 최고 통수권자는 대통령 최성균이지만 연합군의 수장은 화수다.

이제부터는 그의 지도력에 따라서 연합군의 운명이 결정될 것이다.

한국은 북한과 하얼빈, 러시아 동토 지대에 걸쳐 수많은 난민 캠프를 건설하여 식량을 조달할 수 있도록 했다.

이제부터 난민들은 모두 비닐하우스나 유리 온실에서 농사를 지으며 군사들의 식량과 자신들이 자급자족할 식량을 만들어낼 것이다.

모두의 전문 분야가 다 다르지만 지금으로선 그들이 할 수 있는 일은 그저 생산에 박차를 가하는 것뿐이었다.

하지만 그마저도 하루에 수십 번씩 공습경보가 울려 제대로 작업을 할 수가 없었다.

위이이이이잉!

[공습, 공습입니다! 어서 방공호로 대피하십시오!]

중국 서부 지역 유리 온실 지대에 적의 공습이 찾아왔다.

"끼에에에에엑!"

"꺄악! 사람 살려!"

무려 몸길이가 30미터에 달하는 의문의 비행 물체는 한 번에 3천 마리에 달하는 좀비들을 토해놓곤 그 자리에서 즉사했다.

더 이상 날아오를 수 없게 된 괴생명체였지만, 그것은 자신을 다시 한 번 희생하여 좀비들의 양분이 되어주었다.

뚜둑, 뚜둑!

"끄이에에엑!"

좀비들은 괴생명체를 뜯어 먹고는 이내 훨씬 더 빠르고 강력한 근력을 가지고 인간들을 공격하기 시작했다.

물론 지성이 없는 좀비 3천 마리를 해치우는 일은 그리 어려운 일이 아니었다.

하지만 문제는 이로써 작업이 또 한 번 늦어진다는 점이었다.

두두두두두두두!

"왼쪽으로 화력을 집중시킨다!"

"예, 중대장님!"

3천 마리의 좀비를 해치우는 데 들어가는 인력은 1개 보병 중대.

어떻게 보면 적어 보일 수도 있는 병력이지만 한 구역을 담당하는 데엔 전혀 무리가 없었다.

그러나 사방에 널려 있는 좀비의 시신 조각들을 치우는 작업은 보통 일이 아니었다.

무려 30배가 넘는 숫자의 시체 조각은 저마다 지독한 악취를 풍기기도 하지만 초대형 비행 생명체의 몸통 조각에는 약한 독성 물질이 들어 있었다.

이를테면 아주 약한 염산의 형질과 비슷한 이 분비물은 사람에게 닿으면 즉시 감염자를 발생시켰다.

한마디로 멀쩡히 전투를 끝낸다 해도 시신 조각에 맨살이 닿기만 하면 A바이러스에 감염된다는 소리였다.

때문에 전투를 치르고 난 후에도 방어 중대는 돌아가지 못하고 근방을 깔끔하게 방역해야 했다.

쏴아아아아아!

소방차에 물을 실어 가지고 온 군인들은 근방에 남아 있던 독성 물질을 손수 빼냈다.

슥삭, 슥삭!

"서둘러 움직여라! 언제 다시 놈들이 올지 아무도 모르니까!"

"예, 알겠습니다!"

군인들이 고생하는 것은 큰 상관이 없지만, 이대로 계속해서 저들의 공습이 이어진다면 언젠가는 농사가 망하고 말 것이다.

만약 이런 집이 한두 집이라면 큰 문제가 없겠지만, 이런 집이 점점 늘어간다는 것이 문제였다.

거리를 모두 청소한 그들은 사단 사령부로 연락을 취했다.

"전투와 제독을 완료했습니다."

ㅡ수고했다. 그곳에서 어서 철수하여 다시 부대로 복귀하라.

"입감."

도대체 언제 끝날지 알 수 없는 전투가 계속되고 있었다.

*   *   *

아메리카 대륙 전역으로 퍼져 나간 마족군은 곳곳에 사령 기지를 건설했다.

마족의 사령 기지는 그들의 군대인 언데드, 그러니까 죽은 자들의 성지와도 같은 곳이다.

이곳은 언데드의 시초가 되는 시체를 모아서 각 건물로 마이너스 에너지를 보내는 역할을 했다.

그리고 건물과 토지를 오염시키는 데드풀을 소환시키는 크립트 매지션을 소환했다.

크립트 매지션은 죽은 마법사를 좀비화하는 이들로 아직까지 지성이 남아 있는 좀비들이다.

마이너스 에너지로 이뤄진 극음의 마나를 다루는 크립트

매지션은 사령부가 세력을 유지하도록 하는 일원이지만, 직접적으로 마물들을 소환하거나 강력한 마법을 사용할 수는 없었다.

그런 그들을 관장하는 상위 개념의 크립트 매지션들이 있는데, 그들을 두고 리치라고 불렀다.

리치는 크립트 매지션이 아주 오랜 시간 마족에게 복속하여 극음의 마나를 1천 년 이상 쌓아야 이룰 수 있었다.

이들은 약 7서클의 마도사와 비슷한 마력을 가지며, 좀비들에게는 귀족과도 같은 대접을 받았다.

이런 리치들은 모두 리치왕이라고 불리는 라이몬드의 수하이다.

라이몬드는 리치들에게 사령 기지를 건설하도록 명령하고 그곳에서 죽음의 군대를 양성하게 되는 것이다.

죽음의 군대를 양성하면 한 사령 기지에서 약 200만의 군사들을 만들어낼 수 있었다.

이들을 이끌고 전투에 나가는 장수들은 각기 다른 특성을 가진 마족들이 맡게 된다.

케나다 토론토 지역에 자리 잡은 제5사령 기지의 수장인 디아볼트는 공포의 군주로 불리는 지옥의 화신이다.

그는 마검사 1천 명과 맞먹는 무력을 가졌으며, 지옥 불을 자유자재로 다룰 수 있었다.

하지만 유일한 단점이 하나 있었는데, 그것은 공중으로 날아오르거나 하늘에 있는 적을 공격할 수 없다는 것이다.

그러나 그는 육지에 있는 모든 생물에게는 극악의 공포를 안겨주는 지옥의 사자였다.

디아볼트는 이글거리는 유황불로 둘러싸인 거대한 몸집을 이끌고 아메리카 대륙 북부로 향했다.

"쿠오오오오오!"

마치 공룡과 같은 몸통과 꼬리, 그리고 사람의 것처럼 생긴 두 팔은 마치 거대한 도마뱀을 보는 것 같은 착각이 들게 했다.

그리고 양의 것처럼 생긴 두 쌍의 뿔과 노란색 눈동자는 보는 이로 하여금 오금이 저리게 만들었다.

그의 주변으로 몰려든 몬스터들은 지옥 불에서 자생하던 켈자스컬과 펭스킨, 그리고 몽마와 뱀파이어들이었다.

그들은 디아볼트를 따라 200만의 군집을 이룬 채 진군을 준비했다.

200만의 군대를 이끄는 사령관에게는 열 명의 장수가 포진하고 있었다.

사악한 불길의 스파크 피스트와 핏빛 채찍을 휘두르는 아시어스 등은 그의 충실한 심복이었다.

그들은 200만의 군사를 직접 채찍질하며 원활한 진군을 도왔다.

좌락!

"달려라! 달리란 말이다!"

"캐액, 캐액!"

제5사령 기지에 배속된 병사들은 그들의 채찍질을 견디다 못해 쓰러져 죽기도 했지만, 오히려 그것은 죽음의 대지를 퍼뜨리는 데 밑거름이 될 뿐이다.

죽는 것은 죽은 대로, 산 것은 산 대로 파괴시키며 진군을 시작한 디아볼트는 단숨에 러시아 동토 지대까지 갈 것을 명령했다.

"쿠오오오오오! 쉬지 마라! 쉬는 자는 주군의 분노를 직접 경험하게 될 것이다!"

"예, 사령관님!"

디아볼트는 병사들의 선두에서 가장 빠른 속도로 달리기 시작했고, 그의 부관들은 병사들을 더욱더 채찍질했다.

9장

사생결단

한국령 구 러시아 동토 지대.

이곳에 각종 악마가 창궐하여 인간들이 살 수 있는 터전이 모두 쑥대밭으로 변해 버렸다.

특히나 이곳에는 인간의 피와 살을 갈구하는 뱀파이어들이 대거 침투하여 보이는 족족 사람을 사냥하고 다녔다.

"캬아아아악!"

"먹이다! 먹이다! 먹어치워라!"

"캬하하하하!"

촤락!

"크허억!"

인간은 그들에게 좋은 먹이일 뿐이었고, 피를 맛본 마족의 군대는 민간인을 무차별적으로 공격했다.

급작스러운 200만 대군의 습격에 당황한 한국군은 다소 주춤거리긴 했지만, 이내 총공격을 퍼부었다.

화수가 이끄는 백야함을 필두로 80만의 군대가 가진 모든 무기를 다 퍼부어 주변을 쑥대밭으로 만들었다.

피융, 콰앙!

"끼에에에엑!"

"죽여라! 죽여라!"

하지만 문제는 뱀파이어들을 죽이면 죽일수록 땅이 점점 더 오염되어 그 형체를 알아볼 수 없을 정도로 썩어간다는 것이다.

그렇게 썩은 대지에서는 다시 스켈레톤과 좀비들이 우후죽순처럼 살아나 죽어나간 자리를 채웠다.

그중에서도 시체들을 먹고 사는 라이먼트 스켈레톤과 리스토우멘터는 보병으로는 어쩔 수 없는 중형 몬스터들이었다.

이제 언데드로 모자라 마물과 몬스터들까지 나타나다니, 포탄과 탄약으로는 도저히 상대를 할 수 없을 지경이다.

그나마 포탄과 유탄만이 그들에게 효과를 보이고 있었고, 보병 무기 중 소형 무기는 이미 효과가 없어져 좀비나 스켈레

톤을 상대할 때만 사용하고 있었다.

백야함에 승선한 병사들은 도대체 이 말도 안 되는 상황을 이해하려 애쓰고 있었지만, 도무지 믿을 수가 없었다.

"장관님, 이건 도대체……."

"그래요. 나도 황당합니다. 하지만 이대로 가만히 앉아서 당할 수는 없는 노릇입니다. 최선을 다해서 반격합시다."

"예, 장관님."

화수는 백야함에서 헬기와 전투기를 모두 출격시켜 200만의 언데드 대군을 상대하기로 했다.

"현재 우리가 보유한 비행단을 모두 출격시키고 함대에 연락하십시오. 이곳에 진내 사격을 단행하겠습니다."

"예, 장관님!"

어차피 이곳의 기반 시설을 사용할 수 없게 되었으니 공군이 포격을 받지 않는 선에서 진내 사격을 단행하는 수밖에 없다.

진내 사격이란 아군의 진영에 적군이 쳐들어왔을 때 자신의 진영에 포격을 요청하는 것이다.

한마디로 잘못하면 적군뿐만 아니라 아군까지 전멸할 수도 있다는 소리였다.

그러나 지금 저들을 막지 못하면 어차피 아군에게 미래는 없다고 볼 수 있었다.

―해군 제5함대다. 정말 진내 사격을 단행해도 좋겠는가?

"물론이다. 우리가 알려준 좌표대로 사격하라."

―입감. 최대한 멀리 떨어져 달아나기를 바란다.

해군은 자신들이 가진 모든 함포와 미사일을 동원하여 진
내 사격 지역을 초토화시키기 시작했다.

쾅쾅쾅쾅!

"끄이에에에엑!"

"죽음, 죽음뿐이다! 돌격하라!"

"크아아아아앙!"

죽음과 악이 공존하는 곳, 이미 이곳은 지상에 현신한 지옥
이나 다름없었다.

병사들은 죽어가는 자신들의 터전을 바라보며 씁쓸한 표
정을 지을 뿐이었다.

*　　　　*　　　　*

뉴욕에서부터 시작된 마족군의 진군은 어느새 유럽 전역
을 먹어치우고 러시아 서부 지대까지 잠식했다.

이미 러시아의 수도 모스크바는 언데드의 데드풀에 잠식
되어 더 이상 인간이 살 수 없는 땅이 되어버렸다.

이곳으로 진군하게 된 마족의 군대 제9사령 기지와 10사령

기지의 통합 사령관은 뱀파이어의 수장인 드라이드 로드였다.

드라이드 로드는 식인귀의 왕으로, 뱀파이어와 식인 생물들을 자신의 휘하로 둔 악마 중에 악마였다.

드라이드 로드는 2미터의 키와 박쥐의 날개를 가진 인간의 형태를 띠고 있었지만, 그 송곳니는 이 세상 그 어떤 검보다 예리하고 날카로웠다.

그리고 그의 손톱은 강철을 단박에 할퀴어 종잇장처럼 찢어버릴 수 있는 힘을 가지고 있었다.

또한 마법은 일반적인 리치와 비교해도 월등한 수준이었다.

그는 식인귀와 시체 청소부인 네파른 400만 마리를 동원하여 시베리아 중부 지대까지 진격했다.

레나강이 흐르는 시베리아 중앙 지역은 한국군이 진을 치고 있었지만, 그에게 있어선 그저 재미있는 놀이에 불과했다.

드라이드 로드는 높게 쌓은 철책과 콘크리트 벽을 바라보며 실소를 흘렸다.

"클클, 겨우 저런 장난감으로 이 몸을 막을 수 있다고 생각한 것인가? 기가 막혀서 말도 제대로 나오지 않는군."

드라이드 로드는 거대한 박쥐 날개를 펄럭여 하늘 높이 올라갔다.

그러곤 자신이 가진 마력 중 극히 일부를 가지고 엑시드 파이어를 시전했다.

쿠르르르, 화르륵!

엑시드 파이어는 액체의 형태로 된 불덩이인데, 이것이 달라붙은 벽은 불에 타 없어져 버린다.

또한 이것에 닿은 인간은 형체도 없이 녹아 없어질 것이다. 한마디로 이 엑시드 파이어는 염산의 불길이나 다름없었다.

촤륵, 화아아악!

"부, 불이야!"

"불?! 이런 미친?! 콘크리트 벽에 무슨 불이?!"

아무리 언데드라고 해도 두께 2미터의 콘크리트 벽을 뚫기란 절대 쉽지 않은 일이다.

그래서 레나강 인근은 절대적인 방어선이라고 불리고 있었지만, 이젠 그것도 딱 오늘까지의 얘기가 되었다.

드라이드 로드의 엑시드 파이어에 의해 두꺼운 콘크리트 벽에 구멍이 뚫렸다.

그 구멍을 따라서 식인귀와 네파른이 끝도 없이 줄을 지어 들어가기 시작했다.

사삭, 사삭!

거미의 형태인 네파른은 직경 4미터의 거대한 몸으로 인간을 산 채로 녹여 먹는 사악한 생물이다.

또한 네파른이 내뱉은 배설물은 대지를 병들게 해 죽음의 기지를 건설하는 밑거름을 만들어낸다.

그러니까 이 네파른이 인간의 영토를 잠식하는 전투가 길어지면 길어질수록 대지의 오염도 또한 높아질 수밖에 없었다.

"거, 거미다! 어서 소총수들은 진을 펼쳐라!"

"예, 중대장님!"

무려 50만의 군대가 길게 늘어서 적을 상대하고 있었지만, 총탄도 제대로 통하지 않는 400만의 마물을 상대로 살아남을 수는 없었다.

"캬아아악!"

뚜두두둑!

"크헉, 크헉!"

이제 마족군의 목표는 감염자를 만들어 세력을 확장시키는 것이 아니고 그들의 시신을 이용하여 자신들의 기반 시설을 건설하는 것이었다.

그러니 이전보다 그들의 손속은 잔악하고 거침이 없어질 수밖에 없었다.

이곳의 책임자들은 이미 지하로 피신했지만, 곧 드라이드 로드의 먹이로 전락하고 말았다.

"클클클, 나에게 반항하고도 살아남을 생각을 하다니, 어리석기 그지없구나!"

"제, 제발 자비를……."

"자비라? 내가 어떻게 행동해야 그 자비라는 단어의 뜻을 이해할 수 있을까?"

"저희들은 죽어서도 그 은혜를 잊지 않을 겁니다! 그 은혜를 기억할 수 있도록 해주시는 것이 자비입니다!"

드라이드 로드가 가장 즐겨하는 것은 어리석은 이들에게 헛된 희망을 안겨주었다가 그것을 무참하게 짓밟는 것이었다.

인간들의 얼굴에 절망이 가득할 때, 그는 이 세상에서 가장 깊은 희열을 느끼는 셈이다.

"캬하하하! 자비를 베풀겠다!"

"저, 정말이십니까?!"

"하지만 그 자비는 지옥에서 내가 직접 유황불에 달궈 죽이는 것으로 대신하도록 하지!"

푸욱!

"크, 크허어억!"

인간의 목덜미에 어금니를 꼽은 드라이드 로드는 그 체액이 모두 없어져 껍질만 남을 때까지 피를 들이켰다.

"츕츕츕츕!"

불과 30초 만에 신체에 남은 모든 피가 그의 목구멍을 통해 위장으로 넘어가 버렸다.

이제 그는 이번보다 훨씬 더 강력해진 힘을 통하여 병사들을 이끌고 인간의 터전을 망칠 것이다.

"큭큭큭! 진군해라! 저 너머 얼마 멀지 않은 곳에 인간의 도시가 줄을 지어 늘어서 있다! 그곳까지 쉬지 않고 진군한다면 가장 신선한 피를 맛볼 수 있을 것이다!"

"크아아아앙!"

"끼에에에엑!"

피의 유혹에 빠져든 죽음의 군대는 먹이를 찾아서 진군의 고삐를 조금 더 세게 당겼다.

*   *   *

마족군의 군세가 무려 5,000만에 육박해 가는 가운데, 라이몬드는 슬슬 뉴욕에 있는 중앙 콜로니로 마왕 데이몬의 진짜 육신을 소환하기로 했다.

3차 세계대전을 비롯해 마족과의 전쟁으로 인해 인간의 피가 아주 충분하게 준비되었기 때문이다.

마왕의 권능으로 차원의 문을 열다 보니 아직 데이몬의 진정한 육신은 이곳에 돌아오지 못했다.

지금 이곳에 있는 마왕 데이몬의 현신은 완성체 영혼으로, 그 육신과는 아직 연결이 되지 못한 상태였다.

그 때문에 마왕군의 군세가 아직 완전하게 펼쳐지지 못하고 있었던 것이다.

데이몬은 소환을 준비하는 라이몬드에게 말했다.

"형님, 제 시신은 어디에 있습니까?"

"인간들의 황제가 잠들어 있는 무덤가에 있습니다. 조금만 기다리시지요. 이 형이 당신께 극강의 권능을 돌려 드릴 겁니다."

"항상 감사합니다."

"후후, 절대자가 그런 말을 하면 안 됩니다. 제가 말씀을 드렸을 텐데요?"

"알겠습니다."

라이몬드는 어려서부터 데이몬을 왕위에 앉히기 위해 그를 훈련시키고 끝도 없이 채찍질해 왔다.

고로 그는 데이몬을 자식이자 형제로 생각하는 경향이 있었다.

이윽고 그는 핏빛 차원의 문에 응축된 인간들의 원혼을 불어넣고 의식을 진행시켰다.

우우우우우웅!

끼아아아아아악!

그러자 핏빛 차원의 문에서 터질 듯한 마력의 압력이 쏟아져 나오기 시작했다.

쿠쿠쿠쿠, 콰앙!

"드, 드디어!"

마왕 데이몬은 드디어 자신의 몸이 완전체로 다시 태어나고 있다는 것을 직감할 수 있었다.

이제 그가 라이몬드에게 진정한 왕국을 선물할 차례가 다가온 것이다.

두 팔을 벌린 데이몬, 그에게 온전한 마왕의 육신이 떨어져 내렸다.

쿠웅!

이윽고 그는 자신의 영혼을 육신에 불어넣어 온전한 마왕의 육신을 차지하려 했다.

하지만 그 시도는 온전히 이뤄지지 못했다.

꿀렁!

"으, 으음?"

"왜 그러십니까?"

"…이상합니다. 육신에 영혼이 들어가지 않습니다."

"그, 그럴 리가……."

바로 그때였다.

데이몬의 육신이 불현듯 눈을 뜨더니 이내 그의 등에 매달려 있는 대검을 마구 휘두르기 시작했다.

콰앙!

"크헉!"

"형님!"

"…빌어먹을 협잡꾼 같으니, 감히 짐을 능멸하려 들었더
냐?!"

"레, 레비로스?!"

"내 너를 용서치 않으리라!"

나르서스 제국의 황제 레비로스는 분명 라이몬드에게 영
혼을 팔아먹고 저 세상으로 떨어져 내렸다.

하지만 놀랍게도 그는 아직도 데이몬의 몸에 잔존하면서
차원 이동까지 해왔다.

이것은 도저히 있을 수도, 있어서도 안 되는 일이었다.

라이몬드는 자신의 곁에 있는 신하들에게 그의 육신을 사
로잡을 것을 명령했다.

"잡아라! 폐하의 육신을 잡아서 다시 가지고 오란 말이다!"

"예!"

"크아아아아악!"

무려 50명의 최상급 마족이 그를 향해 달려들었고, 레비로
스는 육중한 대검을 휘둘러 그들을 단숨에 처치했다.

"허업!"

콰앙!

"크헉!"

"이 몸은 제국 최고의 검사였다! 네놈들이 상대할 수 있을 리가 없단 말이다!"

레비로스는 이내 크게 도움닫기를 하여 콜로니를 빠져나 갔다.

쿠그그그그, 콰앙!

"이런 빌어먹을!"

"어서 저놈을 쫓아라!"

"예!"

그를 따라서 엄청난 숫자의 마족들이 뛰쳐나갔고, 레비로 스는 그대로 기수를 돌려 무작정 도망치기 시작했다.

*　　　*　　　*

러시아 동토 지대 전선.

화수는 어쩐지 적의 기세가 한풀 꺾인 것 같다는 생각이 들 었다.

"이게 도대체 어떻게 된 일이지?"

원래대로라면 사흘 밤낮으로 습격을 감행해야 할 마족들 이 슬슬 공격을 줄이고 있었던 것이다.

도무지 이유를 알 수 없는 소강상태, 화수와 연합군에겐 천 만다행인 일이다.

"흐음······."

화수가 곰곰이 이유를 알아내려 머리를 쥐어짜 내고 있을 때였다.

"장관님, 이것을 좀 보셔야 할 것 같습니다!"

"무슨 일입니까?"

"지금 영국에서 이런 일이 벌어지고 있답니다!"

이번에는 또 어떤 영상이 그를 놀라게 할지 이제는 아주 심장이 두근거려 심호흡이 저절로 되었다.

"후우! 한번 봅시다."

이윽고 영상을 확인한 화수는 자신의 두 눈을 의심했다.

영상 속에는 한 마족이 동족들에게 쫓겨 미친 듯이 도망을 치고 있었다.

화수는 화들짝 놀라 부관에게 물었다.

"이, 이 영상이 언제쯤 촬영된 겁니까?!"

"바로 10분 전에 본진으로 전달된 겁니다. 아무래도 저들에게 내란이 일어난 것이 아닌가 싶습니다."

그는 이내 이곳에서 자리를 옮겨 영국으로 기수를 돌리기로 했다.

"영국으로 갑시다! 어서 빨리요!"

"예, 알겠습니다!"

"그리고 영국 지부에 있는 함대에게 그를 최대한 지원해

주라고 말하십시오! 내가 직접 갈 때까지 그가 죽어서는 안 됩니다!'

"예, 장관님!'

만약 저 마족이 정말 본진에서 도망을 나온 것이라면 인간과 협력할 수 있을 것이다.

화수는 그를 만나기 위해 제트기를 타고 영국으로 향했다.

*   *   *

영국 맨체스터 지역.

이곳은 벌써 마족과 마족의 싸움으로 인해 콜로니가 전부 다 파괴된 상태였다.

마족들의 기반 시설이 모두 파괴되어 더 이상 마물들이 태어나지 못해 정체되어 있었고, 그런 황폐한 대지를 한 마족이 종횡무진 누비고 다녔다.

쿠웅, 콰앙!

"끼에에엑!'

"죽어라, 이 버러지 같은 놈들아!'

인간들은 그의 주변을 맴돌면서 도움의 손길을 내밀어주고 있다.

―VIP를 보호한다! 저 인근에 있는 좀비 떼를 미사일로 격멸하라!

―입감.

한국군 항공 연대는 마물들이 득실거리는 맨체스터에 화염을 쏟아부었고, 도망자가 지나는 곳에 있던 마물들은 흔적도 없이 사라지기 시작했다.

덕분에 도망자는 조금 여유가 생겼고, 그는 이내 한국군이 주둔하고 있는 기지까지 들어올 수 있었다.

마음껏 하늘을 날아다니던 그가 기지에 안착하자, 연합군은 총을 들고 그의 곁으로 모여들었다.

척!

"소, 손들어! 움직이면 쏜다!"

그는 고개를 들어 인간들을 바라보며 말했다.

"…그런 물건이 나에게 통할 것이라고 생각했소?"

순간, 주변이 마치 찬물을 끼얹은 것처럼 조용해졌다.

"사, 사람?!"

"마, 말을 했다! 좀비가 말을 했어!"

지금까지 이 군대는 모두 좀비들이 돌연변이를 일으켜 만들어진 것으로 알려져 있었다.

그러니 병사들은 그를 좀비라고 생각할 수밖에 없었다.

이윽고 자리에서 일어선 그가 병사들에게 물었다.

"이곳의 책임자를 만나고 싶소. 기왕지사 왕이면 더 좋고."

바로 그때였다.

공중에서 한 사내가 뚝 떨어져 내렸다.

팟!

"왕은 없고 책임자는 있소."

"자, 장관님?!"

병사들은 갑자기 떨어져 내린 화수를 바라보며 아연실색했지만, 마족은 아련한 눈초리를 했다.

"……."

"강화수라고 하오."

"……."

"이보시오?"

잠시 멍해져 있던 그는 퍼뜩 정신을 차려 화수에게 악수를 청했다.

"…레, 아니지, 데이몬이라고 하오. 마왕이라고 부르기도 하지."

"와, 왕?!"

그는 최대한 덤덤한 표정을 지었고, 화수는 이내 그를 안으로 안내했다.

"일단 기지 안으로 들어갑시다."

"…고맙소."

화수가 데이몬과 함께 안으로 들어가자 병사들은 다시 경계 태세를 갖추기 시작했다.

*　　*　　*

자칭 데이몬이라고 소개한 그는 화수에게 놀라울 정도의 고급 정보들을 알려주었다.

지금 뉴욕을 비롯한 미국 동부 지역에 거의 모든 기반 시설이 몰려 있으며, 그곳에 마나폭풍을 일으키는 물건을 설치하면 꽤나 효과적일 것이라고 했다.

그러나 마도학자들은 그가 하는 말을 도저히 믿을 수 없다는 입장이었다.

찬미가 의심의 눈초리로 데이몬을 바라보았다.

"사부님, 이자를 믿으시나요? 갑자기 우리를 찾아와 이런 고급 정보를 준다니, 말이 되지 않아요."

"하지만 모두 앞뒤가 맞지 않습니까? 예를 들면 지금 저들이 해오는 공격 양상이나 보스로 보이는 마족들의 특징 같은 것이 말입니다."

"흐음⋯⋯."

데이몬은 이들이 자신을 믿지 않자 조금 더 정확한 물증을 대기로 했다.

"좋소, 내가 증거를 제시하도록 하지."

"증거라? 어떤 것 말이오?"

"저들의 장수 중에 드라이드 로드라는 자가 있소. 그의 약점을 알려 드리다. 그 약점을 가지고 놈들을 공략한다면 단일격에 200만의 군대가 사라질 것이오."

가만히 그의 눈동자를 바라보던 화수는 이내 결정을 내렸다.

"좋소, 당신의 뜻에 따르기로 하리다."

그는 화수에게 몇 가지 음식을 일러주었다.

동토 지대 전장.

로이드는 화수가 감행하려는 다소 황당한 작전을 도무지 이해할 수 없다는 듯이 바라보았다.

"…마늘 즙을 맞고 죽는 놈이 있다니, 그게 말이 되는 소리인지 모르겠습니다."

"확실한 것은 해봐야 아는 것이지."

드라이드 로드는 마늘에 상당히 취약한 마족으로, 이것이 닿기만 해도 가루가 되어 사라진다고 했다.

화수는 서해안 육쪽마늘 50만 개를 농축시켜 즙을 만들었고, 그것을 비행기로 살포하기로 했다.

과연 데이몬의 말이 맞을지 틀릴지는 조금 더 지켜봐야 알

일이다.

두두두두두두!

"옵니다!"

이윽고 그들의 시야에 200만 대군의 진격이 들어왔다.

이제 화수는 비행기에 탑재되어 있는 마늘 즙을 투하할 준비를 서둘렀다.

"저공비행을 시작하십시오. 듣기론 저놈들이 공중 공격을 하지 못한답니다."

─예, 장관님.

드라이드 로드에 대한 약점까지 속속들이 알려준 데이몬의 조언이 과연 맞아떨어질지 귀추가 주목되었다.

잠시 후, 드디어 드라이드 로드가 모습을 드러냈다.

"지금입니다! 살포하세요!"

�솨아아아아아!

마늘 즙이 바람을 타고 떨어져 내렸고, 드라이드 로드는 정말 순식간에 먼지가 되어 사라졌다.

"끄아아아아아악!"

콰앙!

화수와 로이드는 그 광경을 바라보며 넋을 잃고 말았다.

"허, 허어!"

"이렇게 말도 안 되는 일이 다 있다니!"

만약 그가 정말로 마왕이 아니라면 이 일을 알 수가 없었을 테고, 자신의 군대를 희생시킨 것을 보면 정말 변절자가 틀림없는 것 같았다.

"형님, 이건⋯⋯."

"진짜다!"

이제 정말 인간들에게 걸출한 인물이 투항한 모양이었다.

*　　　*　　　*

베니스를 출발한 지 무려 보름, 드디어 라이언은 한국 본토에 도착할 수 있었다.

그동안 라이나는 그의 피를 계속해서 연구했고, 그 연구는 장족의 발전을 했다.

그리하여 라이나는 라이언의 혈청으로 백신을 만들어내는 데 성공했다.

이제 이것을 계량하여 대량 생산하는 일만 남은 셈이다.

한국군 기지에서 한 차례 수혈을 한 그는 곧장 전장으로 나서겠다고 한국군에 지원했다.

더 이상 그는 수혈을 통해 혈청을 지원할 필요가 없었고, 한국군은 어쩔 수 없이 이를 수락했다.

라이언의 한국군 기지 도착 이틀 후, 그는 드디어 미셸과

재회할 수 있었다.

"라이언!"

"미셸!"

두 사람은 서로를 보자마자 포옹을 나누곤 뜨거운 눈빛으로 눈을 맞췄다.

"도대체 어디에 있었어?"

"한국으로 오는 항로를 찾고 있었지."

"다행이야, 살아 있어서."

"후후, 물론이지. 내가 말했잖아? 나는 죽지 않는다고."

라이언은 그녀를 데리고 새롭게 마련된 자신의 숙소로 향했고, 그런 그를 라이나는 가만히 바라볼 뿐이었다.

이바노바 아나스타샤 박사는 자신이 도망쳐 나온 캐나다 본토에서 가지고 온 연구 결과를 한국군에게 인계했다.

그녀가 가지고 있던 연구 결과는 다름 아닌 청정 지역이 존재한다는 것이었다.

"노바스코샤는 청정 지역입니다. 아마도 그곳에 무언가 감염을 억제하는 물질이 존재하는 것이 분명합니다."

"흐음……."

화수는 그녀에게 조사단을 꾸릴 것을 제안했다.

"좋습니다. 그럼 그곳으로 군대를 파견할 테니 함께 가십시오. 가서 연구를 계속하십시오."

"하지만 그러자면 엄청난 숫자의 군대가 필요할 겁니다. 만약 놈들이 우리를 덮치면 방어할 길이 없잖습니까?"

"그건 걱정하지 마십시오. 우리는 뉴욕으로 다시 진군할 겁니다. 그러니 연구만 계속하면 됩니다."

화수는 자신의 진군이 언데드들의 시선을 잡아끌 것임을 확신하고 있었다.

그녀는 그의 제안을 받아들이기로 했다.

"좋습니다. 제가 직접 가도록 하지요."

이로써 조사단과 함께 상륙작전을 진행하는 양동작전이 실행될 예정이다.

                    *   *   *

원정대는 노바스코샤 초입에서 벌써 이틀째 잠입 행군을 계속하고 있었지만 그 흔한 좀비 한 마리 찾아볼 수 없었다.

원정대장 미하엘 준장은 이곳이야말로 언데드들이 침범하지 않은 단 하나의 안전 구역이라고 확신했다.

"당신의 말씀이 맞았군요. 아마도 이곳은 언데드들이 뿌리를 내리기에 적합하지 않은 뭔가가 있는 모양입니다."

그와 동행한 이바노바 아나스타샤 박사는 작게 고개를 끄덕인다.

"제 생각도 같습니다. 아마도 이곳의 지역적 특성이 저들의 진군을 막은 것이겠지요."

"그렇다면 생존자들이 살아 있을 확률이 있을까요?"

"그건 알 수가 없지요."

지금까지 언데드들은 인간을 잡아먹으며 그 세력을 넓혔는데, 가끔 먹이가 떨어지면 아주 드물게 세력이 쇠퇴하는 경우가 있었다.

한마디로 언데드 역시 먹을 것이 없으면 살아갈 수 없는 생명체와 별반 다를 것이 없다는 것이다.

노바스코샤 북부의 시드니로 행군한 그들은 선착장에 언데드의 흔적이 남아 있는지 확인해 보았다.

바로 그때였다.

적막이 흐르던 바다가 요동치는 소리가 들렸다.

솨아아아아!

"언데드……?!"

미하엘 준장은 재빨리 아나스타샤의 손을 잡고 행렬의 중간으로 들어섰다.

"박사를 보호하라!"

"예!"

촤라라락!

혹시 모를 상황에 대비해 아나스타샤의 주변으로 대원들이 동그랗게 원을 그리며 모여들었다.

"아무래도 놈들이 나타난 것 같다. 대열의 중간에 박사를 넣고 주변을 경계한다!"

"예!"

이윽고 다시 적막이 흘렀고, 약 10분간 비슷한 현상이 계속되었다.

그제야 아나스타샤는 이것이 언데드의 소행이 아니라는 것을 깨달았다.

"이건 언데드의 소행이 아니에요."

"그럼……."

잠시 후, 그녀는 소리의 진원지로 발걸음을 옮겼다.

그러자 수면 위로 동그란 머리를 가진 돌고래 두 마리가 빠끔히 대가리를 내밀었다.

—끼이이이?

"돌고래?"

"이곳 연안에는 아직까지 생명체가 살아 있었던 모양이군요!"

"허, 허어……!"

그동안 언데드들이 점령한 곳은 그 어떤 생명체도 살아갈 수 없는 땅이 되어버린다고 알려져 있었다.

하지만 이곳 노바스코샤만은 예외인 모양이었다.

"이곳에 정말 목숨을 걸고 찾아온 보람이 있군요."

"그러게 말입니다."

원정대는 이곳에 베이스캠프를 설치하고 다시 케이프 브렌턴 북쪽으로 향했다.

*　　　*　　　*

플로리다주 마이애미 해변에 상륙한 화수와 마도학자들은 보병을 이끌고 북진을 시작했다.

"진영을 갖춘다!"

"예, 장관님!"

잠시 전열을 가다듬는 순간, 행렬이 멈추어 섬과 동시에 언데드들이 모습을 드러냈다.

"끼에에에에엑!"

온몸이 썩어 문드러진 인간의 형상을 한 좀비들이 사방에서 튀어나오기 시작했다.

각 부대장과 지휘관들은 자신의 예하 부대에 신호를 보냈다.

"적이 출현했다! 방패부대 앞으로!"

좌라라라락!

강화플라스틱 사각 방패를 들고 앞길을 막아선 그들의 뒤로 기관총 사수들이 난사를 시작했다.

"사격 개시!"

두두두두두두두!

　화수는 마도학 병기를 든 보병들을 이끌고 직선으로 돌진했다.

"나를 따르라!"

"와아아아아아!"

　보병이 앞을 막고 원거리 사수들이 지원하는 원시적 전략이지만 이렇게 정신이 없는 가운데 차분하게 명령을 내릴 수 있는 지휘관은 드물다.

　하지만 3차 세계대전에서부터 조금씩 잔뼈가 굵어온 덕분에 화수는 조금 더 안전하게 돌격하여 적의 중앙부까지 달려갈 수 있었다.

　그는 보병들 사이에 숨어 있는 공병들에게 재빨리 마나폭풍트랩을 설치할 것을 명령했다.

"어서 트랩을 설치하도록!"

"예, 장관님!"

　이윽고 화수는 마나코어로 만든 검으로 자신을 향해 달려드는 좀비들을 사정없이 난도질하기 시작했다.

퍼억!

언데드들의 대가리가 하늘 높이 솟아오르며 초록색 혈액이 주변을 물들이기 시작했다.

푸하아악!

녹색 피가 손에 묻어 엄청난 악취를 풍겼다.

"어서 빨리!"

하지만 그는 공병들의 주변을 지키며 현재의 위치를 고수했다.

"현 위치를 지킨다! 공병들의 작업이 목표치에 도달하고 나면 곧바로 다시 본진으로 돌아간다!"

습격을 감행한 병사의 숫자는 500명, 아직까지는 피해를 입지 않고 있었지만 이대로는 채 5분도 더 버티지 못할 것으로 보였다.

─어이, 이제 더 이상 버틸 수 없어! 뒤로 물러나!

샤넬리아의 걱정스러운 무전이 날아들었고, 화수는 다급한 시선으로 전방을 바라보았다.

"끼에에에엑!"

"…역시 엄청난 숫자군!"

이윽고 공병대가 트랩을 모두 다 설치했다.

"됐습니다!"

"좋아, 모두 후퇴!"

"와아아아아아!"

병사들의 함성 소리와 함께 화수의 특공대가 방패부대 뒤까지 후퇴하였다.

퍽퍽퍽퍽!

"꾸웨에에에엑!"

방패부대는 점점 뒤로 걸음을 옮겼고, 이내 해변에 대기하고 있던 잠수함으로 속속들이 몸을 던졌다.

"어서 배에 올라라! 조금만 늦어도 모두 다 죽는다!"

목숨을 건 작전이니만큼 병사들의 행동은 상당히 빠르고 정확했다.

마지막으로 폭탄을 해변에 설치한 샤넬리아가 남은 병사들이 없는지 확인했다.

"좋아, 하강!"

─입감!

이윽고 그녀 역시 잠수함으로 몸을 던졌고, 총 50척의 헬기모함은 이내 심해로 모습을 감추어 버렸다.

*　　　*　　　*

이번 습격으로 아군이 입은 피해는 중상 20명에 경상이 50명이었다.

지금까지 겪은 극심한 피해에 비하면 아주 미미한 정도라고 할 수 있었다.

화수는 CIS AB형의 혈액에서 채취한 혈청으로 만든 백신에 마나코어 가루를 섞어 부상병들에게 투여했다.

감염 증세를 보이던 병사들이 이제 슬슬 몸을 회복해 나갔다.

하지만 여전히 부상을 당한 부위가 아무는 데 걸리는 시간은 상당히 더딜 것으로 보였다.

샤넬리아는 자신이 개발한 약이 얼마나 남았는지 가늠해 보았다.

"앞으로 적어도 네 개의 기지를 파괴할 수 있겠군."

"흐음……."

애초에 화수가 목표한 적 진영 타격 목표치에는 훨씬 더 못 미치는 양이지만 반격의 실마리를 찾았다는 것에 큰 의미가 있었다.

"좋아, 이대로 뉴욕까지 진군하는 데 얼마나 걸리겠어?"

"적어도 나흘? 네가 개발한 마나폭풍트랩이 제대로 작동한다면 말이지."

궁여지책으로 마련한 마나폭풍트랩이지만 과연 그것이 제대로 작동할지는 미지수였다.

"만약 트랩만 작동한다면 승산은 있는 것이지?"

"물론."

트랩은 중상급 이상의 마족이 밟아야 작동하지만, 그에 준하는 언데드가 밟아도 작동된다.

아마 지금쯤이면 폭발을 일으켜야 정상이다.

샤넬리아는 드론을 이용하여 트랩이 설치된 구역을 살펴보며 폭발의 흔적을 찾았다.

"아무래도 실패한 모양이군."

"젠장……."

바로 그때였다.

"잠깐, 잠깐!"

"뭐야?"

"저쪽을 봐!"

드론이 촬영한 영상에는 저 멀리 거대한 크기의 마족이 트랩이 설치된 곳으로 달려오고 있었다.

두 사람은 놈이 트랩을 밟으면 엄청난 크기의 폭발이 일어날 것이라고 예상했다.

"당장 잠수함의 고도를 낮추십시오! 어서!"

"예, 장관님!"

잠수함은 물탱크를 급속도로 채워 나갔고, 심해 깊은 곳으로 하강하기 시작했다.

그리고 잠시 후, 잠수함이 통째로 흔들릴 정도의 충격이 심해에 전해졌다.

쿠웅!

"크윽!"

"전 대원들은 현 위치에서 대기한다!"

─대기! 대기! 현 상황을 유지한다!

잠시 후, 화수는 가까스로 중심을 잡고 드론이 촬영한 영상을 계속하여 시청했다.

그는 노이즈가 낀 영상을 가만히 바라보다가 이내 무릎을 쳤다.

"그렇지! 좀비들이 깔끔하게 사라졌어!"

"이거다! 이거야!"

화수는 자신들을 기다릴 병사들에게 작전의 성공 소식을 들려주었다.

"작전이 성공했습니다! 우리가 첫 번째 승리를 거머쥐었단 말입니다!"

"와아아아아!"

언데드 침공 석 달여 만에 드디어 첫 승리를 맛보는 연합군이었다.

이제 화수와 마도학자들은 이 기세를 몰아 계속해 진군을 준비했다.

"우리의 목표는 뉴욕입니다! 플로리다 수복을 위해 진군을 시작합시다!"

"예, 장관님!"

화수가 이끄는 특공대의 진군이 활기를 띠기 시작했다.

*   *   *

쏴아아아아!

이제 막 시작된 장마는 대지를 적시고 있었고, 전란의 고통마저 씻어주고 있었다.

리처드는 끝도 없이 내리는 비를 바라보며 말했다.

"하여간 영국의 기후는 도무지 종잡을 수가 없다니까."

"원래 이 지방 날씨가 지랄 맞기로 유명하지. 알잖아? 런던의 날씨는 하느님도 모른다고."

"후후, 그렇긴 하지."

리처드와 로이드는 이곳 영국에서 사로잡은 포로를 데리고 한국으로 돌아가는 길이다.

잠수함 내부에서 이뤄진 포로 심문에서 자칭 죽음의 기사라고 말한 인질은 화수에게 꽤 유용한 정보를 말해주었다.

그런 덕분에 지금 화수가 승전을 거듭할 수 있는 것이다.

그와 눈을 마주친 리처드는 자리에서 일어나 인질에게 다가갔다.

"좀 먹겠소?"

주둔지에서 가지고 온 빵을 보고 그는 고개를 가로저었다.

"…고맙소만, 나는 인간의 음식을 먹을 수가 없소."

"그런가? 당신들도 인간처럼 밀을 먹을 수 있을 줄 알았는데."

"죽어 시체가 되기 전에는 그랬을지도 모르지."

리처드는 잠시 그의 옆에 엉덩이를 붙이고 앉았다.

"그나저나 저들이 이곳까지 진격해 온 이유가 뭐요?"

"…욕심 아니겠소?"

"욕심이라……. 언데드를 부리는 마족인가 하는 종족이나 인간이나 별반 다를 바가 없는 모양이군."

"욕심과 탐욕은 그 어떤 종족에게도 있게 마련이오. 마족의 성향이 조금 더 잔악할 뿐이지."

"흐음, 그렇군."

리처드는 그에게 지금 화수가 진격 중인 곳을 가리키며 말했다.

"이곳을 통과하면 적의 심장부로 향할 수 있다고 했는데, 맞소?"

"그렇소. 하지만 지금 그들의 전력으로는 심장부를 타격할 수 없소. 아마 그곳에 진을 치고 전선을 형성하는 것이 옳을 것이오."

"안 그래도 형님께선 그렇게 하실 작정이라고 했소. 그나저나 당신과 형님은 참으로 닮은 구석이 많단 말이지."

"그, 그렇소?"

조금 말을 더듬는 듯한 그에게 이번에는 로이드가 물었다.

"한 가지만 물읍시다."

"그러시오."

"당신은 갑자기 왜 마음을 바꿔먹은 겁니까? 듣자 하니 당신은 언데드에겐 거의 왕이나 다름없다고 하던데."

그는 고개를 푹 숙인 채 대답했다.

"믿을 수 있을지 모르겠소만, 나는 원래 전생에 이들과 종신 계약을 맺었소. 나 역시 원래는 인간의 왕이었다는 소리지."

"인간의 왕이라……."

"자세한 기억은 잘 나지 않지만 나 역시 태평성대를 원하는 평범한 군주였소. 하지만 어떤 이유에서인지 저들에게 영혼을 팔아먹고 말았지."

"유혹이란 언제나 달콤한 법 아니겠소?"

그의 말의 진위 여부는 알 수 없지만, 최소한 지금 그의 심경은 적어도 진심인 것 같았다.

"뭐, 아무튼 당신은 우리가 든든히 지킬 테니 걱정하지 마십시오."

"후후, 나도 내 부하들에게 그리 호락호락하게 당할 정도로 약골은 아니오. 걱정할 필요 없소."

"그렇다면 다행이고."

리처드와 로이드는 그가 처음 투항해 왔을 때를 기억해 냈다.

그의 무력은 가히 상상을 초월할 정도였고, 이 정도의 무력이라면 가히 전 세계를 휘어잡고도 남을 정도였다.

그런 그가 적군이 아닌 아군으로 돌아선 것은 그야말로 천만다행이라고 할 수 있었다.

"아무쪼록 당신들의 수장이 나의 군대를 끝장내 줄 수 있었으면 좋겠군."

"꼭 그렇게 해주실 것이오."

그는 가만히 고개를 들어 창밖을 바라보았다.

쏴아아아아!

"비가 아주 시원하게 내리는군."

감성이 가득한 그의 눈동자, 로이드와 리처드는 그와 함께 끝도 없이 내리는 비를 바라보고 있었다.

『현대 마도학자』 13권에 계속…

외전

Part 1

튜란츠 대운하 인근.

이곳에 2만의 병력과 제국군 소속 제9군이 마주하고 있다.

생전 처음 보는 장수들이 대거 포진한 2만의 병력은 상당히 차분한 모습으로 정렬해 있었다.

9군 소속 장수들은 그들에게 투항을 권유했다.

"지금 그대들이 벌이고 있는 행위는 명백한 반역 행위다! 황명으로 그대들을 체포하라는 지시가 내려왔다! 죽고 싶지 않다면 지금 무릎을 꿇어라!"

의문의 군대는 투항 권유에도 말 한마디 없었으며, 그저 자신들이 세워둔 목책 뒤에 숨어 상황을 지켜볼 뿐이었다.

필립과 제롬은 뭔가 좀 이상하다는 것을 느꼈다.

"장군, 저건……."

"그렇소. 놈들의 진짜 목적은 반역이 아닐 수도 있겠소."

"그렇다면 도대체 무슨 연유로 저런 말도 안 되는 짓거리를 하고 있단 말입니까?"

"그걸 알아내는 것이 우리의 몫 아니겠소?"

카미엘은 이곳에 두 사람을 보내 반역을 억류시켰고, 보름만 버티면 군대를 이끌고 나타나겠다고 약속했다.

마도병기들은 현재 대륙의 북쪽에 위치해 있지만 동부 해안의 조류가 남쪽으로 흐르는 계절이니 물때만 잘 타면 보름이 아니라 일주일 안에도 이곳에 도착할 수 있다.

때문에 카미엘은 병력이 조금 열세라곤 해도 9군을 이곳에 배치시켜 시간을 벌도록 지시한 것이다.

그러나 이제 문제는 저들이 과연 어떤 의미로 목책까지 세웠느냐를 밝혀내는 것이었다.

필립은 제롬에게 한 가지 제안을 했다.

"이렇게 하는 것이 어떻겠소?"

"말씀하시지요."

"저들에게 협상을 제안합시다."

"협상이요?"

"아무리 저들이 목석과 같다고 해도 분명 떼죽음을 원치는 않을 것이오. 그러니 생존을 위한 제안을 던져 보자는 소리요."

"으음, 좋은 방법이군요."

"저들에게 파발을 띄워 협상을 제안하도록 하시오."

"예, 알겠습니다."

제롬은 전령 중에서 한 명을 선별하여 협상을 통보하기로 했다.

과연 저들이 협상 테이블까지 나올지는 의문이지만, 이것으로 일이 잘 풀리기만 한다면 제국은 다시 잔잔한 태평성대에 접어들 것이다.

다음 날, 반역의 무리로 추정되는 진영에서 협상에 응하겠다는 전갈을 보내왔다.

두 진영은 운하의 중류에서 백기를 내걸고 딱 두 명의 장수만 대동하여 협상을 펼치기로 했다.

어차피 피차 이루고자 하는 것만 이루고 목숨은 살리는 것이 좋다고 생각했다는 것이었다.

그 진의를 가리기는 힘들지만, 일단 실마리를 풀 수 있다는 것이 중요했다.

제롬은 자신의 부장 둘을 데리고 협상 테이블로 향했다.

노란색 천막으로 만들어진 협상 테이블에는 두 가지의 각기 다른 백기가 걸려 있었다.

이것은 이제 이곳을 공식적인 중립 지역으로 만들겠다는 의미였다.

두 수장은 협상 테이블에 마주 서서 서로 눈인사를 건넸다.

"9군의 수장 제롬이오."

"라이온마르라고 해두겠소."

"라이온마르……."

아무리 생각해 봐도 이렇게 특이한 이름을 가진 사람은 본 적이 없었다.

이렇게 큰 군대를 지휘할 정도의 기사라면 반드시 그 이름이 널리 알려졌을 것이다.

하지만 제롬은 라이온마르라는 이름을 아예 들어본 적도 없었다.

"당신의 이름은 금시초문이오만, 어떻게 2만의 군대를 소집하게 된 것이오?"

"남의 집안 사정까지 염탐하는 것이 협상의 진의는 아닐 텐데, 맞소?"

"…뭐, 그건 그렇소만……."

그는 제롬의 말을 단칼에 잘라 버리더니 이내 양피지를 한 장 꺼내어 테이블 위에 올려놓으며 말했다.

"우리가 제안하는 협상안이오. 이것을 황제에게 전하시오."

"…무례하군! 어디서 그 존엄한 칭호를 함부로 입에 담는 것이오!"

"그거야 당신들이 그의 신하이니 그런 것이고, 나와 같은 떠돌이에게 황제는 그저 황제일 뿐이오. 나에게 황제는 천자가 아니란 말이오."

"뭐, 뭐요?!"

"내가 틀린 말을 한 것은 아니지 않소?"

분명 라이온마르는 국적 불명의 군대를 이끌고 있는 사람이었고, 황제에게 작위를 받은 적도 없으니 그의 신하라고 할 수도 없었다.

때문에 그가 황제에게 예를 갖출 필요는 전혀 없다는 소리였다.

하지만 제롬 역시 아무런 능력도 없이 9군의 수장에 오른 사람은 아니었다.

"당신은 지금 우리 제국의 심장부 부근에 있소. 이곳까지 들어왔다는 것은 그분의 영토에 발을 들였다는 것이오. 그분의 소유인 영토에 발을 들였음에도 이런 불경을 저지른다면 그것은 전쟁을 의미하는 것이란 말이오. 아시겠소?"

"흠, 듣고 보니 그렇군. 그건 당신의 말이 맞는 것 같소이다."

"그러니 이제 폐하께……."

"하지만 말이오, 내가 아무런 전투 의지를 갖지 않았음에

도 이렇게 협상 테이블을 마련한 것은 도대체 무슨 이유이
오?"

"뭐요?"

"당신들은 선량한 우리를 압박하여 목책까지 치도록 만들
지 않았소?"

"그게 무슨 궤변이오? 당신들이 먼저 우리 영토에 2만이라
는 군사를 동원하지 않았소? 과연 무슨 방법을 동원하여 이곳
까지 군사를 들인 것인지는 몰라도 이건 명백한 적대의 의미
라는 말이오!"

"후후, 그거야 당신들 사정이고."

제롬은 어렴풋이 그에게서 협상의 의지가 전혀 없다는 것
을 느낄 수 있었다.

'분명하다. 이놈들은 한트의 지시를 받고 있음이야.'

중상모략의 달인인 한트라면 이들을 이곳까지 들이고도
뻔뻔하게 고개를 쳐들고 다닐 사람이다.

그런 그의 지시를 받는다면 이들이 이곳에서 교묘한 전술
을 구사하면서 제국군을 농락할 수도 있을 것이다.

"평화협정에 보니 제국에 반기를 들지 않는 군대는 더 이
상 무력으로 진압하지 않는다는 조항이 들어 있던데, 맞소?"

"그건 원래 영토를 가지고 있던 제후국에 한한 것이 아니
오?"

"우리는 당신들에 의해 고향을 잃었소. 그렇다면 평화협정에 조인된 사항이 전부 다 해당되는 것 아니겠소?"

제롬은 계속해서 말도 안 되는 소리만 늘어놓는 그를 바라보며 고개를 갸웃거렸다.

"이러면 당신들이 쥐도 새도 모르게 죽을 수도 있다는 것을 모르지 않으리라 생각하오. 그럼에도 불구하고 왜 이런 말도 안 되는 짓거리를 하는 것이오? 정말 한트가 황금이라도 쥐여 주었단 말이오?"

"후후, 그거야 당신이 상상하기 나름이고."

이윽고 그는 테이블 위에 놓여 있는 양피지를 제롬에게 건넸다.

"일단 이것을 좀 읽어보시오. 협상을 하자고 불러내더니 어째서 협상안은 한 번도 거들떠보지 않는단 말이오?"

"크, 크흠! 알겠소. 잠시만 기다리시오."

이곳에 온 목적을 아는 데 도움이 된다면 말도 안 되는 협상안이라고 해도 한번 읽어보는 것이 옳았다.

그러나 협상안에는 정말이지 얼토당토않은 내용만 가득했다.

대운하를 우리 군에게 넘긴다. 앞으로 대운하로 거두어들이는 수익은 전액 우리가 갖는다. 제국 또한 대운하에 대한 소유를 포기하고 이곳에서 군대를 철수시킨다. …(중략)…….

양피지를 쥐고 있던 제롬의 손이 분노로 인해 덜덜 떨리기 시작했다.

"…지금 나를 가지고 노는 것이오?"

"놀다니, 무슨 그런 섭한 말씀을. 우리는 그저 원하는 것을 말했을 뿐이오. 협상이라고 말하지 않았소? 그럼 우리가 원하는 것을 말하는 것이 정상이라고 생각하오. 그리고 당신들은 그것을 적당히 절충하여 협상을 마무리하고 말이오. 그렇지 않소?"

제롬은 더 이상 참지 못하고 자리를 박차고 일어섰다.

"말을 더 섞을 필요도 없겠군."

"황제의 조인을 받지도 않고 전투를 벌이겠다는 거요?"

"이미 그대들을 체포하라는 황명을 받았소. 지금 이 자리에서 모두 죽인다고 해도 불법이 아니라는 소리요."

"후후, 과연 그럴까? 정말 그렇게 생각하시오?"

그는 아주 상세한 내용까지 적힌 평화협정문을 보여주며 말했다.

"이건 당신의 황제가 직접 작성한 평화협정문이오. 이곳에 보면 더 이상의 무력 행위는 불법이라고 적혀 있소. 내 말이 틀렸소?"

"…남의 안방까지 쳐들어와서 목책을 친 놈들이 할 소리는 아닌 것 같군."

"뭐요? 놈?"

"당장 전투를 준비하는 것이 좋을 것이오. 우리의 살수들은 그대들이 상상하는 것 이상으로 실력이 뛰어나니 말이오."

9군에 속한 살수들은 대륙 최고의 실력을 가진 엘리트들이다.

아마도 2만의 군대와 조우한다고 해도 절대로 물러서거나 손쉽게 패하는 일은 없을 것이다.

"죽음을 불사하시오. 그대가 진정 기사라면 말이오."

"후후, 기대하지."

이내 두 사람은 돌아서 자신의 진영으로 돌아가 버렸다.

*   *   *

대륙 북부.

드디어 피란츠는 자신의 주군인 카미엘과 조우할 수 있었다.

"각하!"

"잘 지냈는가?"

피란츠와 3만의 마도병단이 카미엘에게 일제히 부복했다.

촤라라락!

"총사령관을 뵙습니다!"

"그래, 모두들 일어나게."

이윽고 자리에서 일어선 마도병단은 이제야 살았다는 표정을 지었다.

"다행입니다. 저는 각하께서 잘못된 줄 알고 허튼 생각을 했지 뭡니까?"

"후후, 내가 그렇게 쉽게 죽을 사람 같던가?"

"물론 아니지요. 하지만 제 뇌가 아직까지 마나에 잠식되지 않아서 그런지 걱정은 되었습니다."

"사람 참……."

이제 카미엘은 자신의 부하들과 조우했으니 곧장 남하를 단행하기로 했다.

"소식 들었나?"

"예, 각하. 대운하에 2만의 병력이 집결해 있다고 들었습니다. 도대체 무슨 일일까요?"

"아마도 한트가 또 무슨 말도 안 되는 짓을 꾸미는 것 같더군. 아무래도 그들이 반역을 획책한 것 같으니 그들을 몰아내기 위해 우리가 직접 나서야 할 것 같아."

"예, 알겠습니다. 지금 당장 군부의 수장들에게 배를 준비하라고 전하겠습니다."

"그리해 주게."

아무리 마도군마의 체력이 타의 추종을 불허한다고 해도 남쪽으로 흐르는 조류보다 빠르지는 않을 것이다.

3만의 마도병단과 군마를 태울 배만 준비되면 보름 안에 수도에 닿을 수 있을 것이다.

카미엘과 그의 군대는 서둘러 평화 유지를 위한 원정에 나섰다.

나르서스 제국에 속해 있던 해군에게서 30척의 전함을 지원 받은 카미엘은 3단 복합 돛을 펼쳐 항해를 시작했다.

이 배는 그가 직접 고안한 전함으로, 전 대륙에 걸쳐 있는 배의 특성 중에서 장점만 골라 뽑아서 만든 배다.

또한 지난 4천 년간 배를 만들어온 대륙의 기록을 발췌하여 고대의 기술까지 모두 적용했다.

나르서스 해군의 전함은 삼각돛을 이용하여 역풍을 뚫고 갈 수 있으며, 돛에 마법이 걸려 있어 정풍을 맞으면 일정량의 추진력을 낼 수 있었다.

그 추진력은 정풍과 함께 전함의 돛을 밀어내어 일반적인 전함의 약 다섯 배에 달하는 추진력을 갖게 된다.

때문에 해류만 잘 만나면 일반적인 상선보다 약 열 배가량 빠른 속도로 남하할 수 있었다.

카미엘은 바다에 대해서 상당히 많은 연구를 거듭했는데, 그것은 나르서스 제국의 해군을 최강으로 만드는 계기가 되었다.

함포에는 마나를 섞은 대포를 장전했는데, 이는 사정거리가 무려 3㎞에 달했으며, 함선 측면에 있는 장갑은 피해를 10분의 1로 줄여주는 마법이 걸려 있었다.

이렇게 중무장한 배 열 척이 하나의 편대를 이루는데, 이 정도의 병력이면 소왕국 하나쯤은 한 달 내로 장악할 수 있는 무력이 되었다.

여기에 마도병기들이 백병전과 상륙전을 직접 펼쳤기 때문에 해안에 인접한 국가들은 채 일주일도 못 되어 백기를 들 수밖에 없었다.

카미엘은 이렇게 완벽한 해군을 만들어내는 데 무려 10년이라는 시간을 투자했으며, 이제는 그 위력이 마도기병대를 넘어설 정도로 명성을 갖게 되었다.

아마 앞으로도 이렇게 걸출한 함대는 두 번 다시 나오지 못할 것이라는 의견이 대부분의 사가들 생각이었다.

한마디로 그는 최고의 총사령관이나 마도로스라는 소리였다.

하지만 카미엘의 그런 노력은 그가 이 세상을 떠나고 나면 아무 소용 없는 전쟁의 부산물이 되어버릴 것이다.

더 이상 대륙이 카미엘의 압도적인 무력을 달갑게 생각하지 않았기 때문이다.

만약 그가 적이었다면 모를까, 이미 병탄이 되어버린 마당엔 그들이 무력을 두려워할 필요가 없었다.

그렇게 된다면 대륙은 다시 갈가리 찢겨 한차례 피바람을 일으킬 것이 분명했기 때문이다.

'복잡하군.'

한트는 분명 카미엘을 죽이기 위해 몇 번이고 살해를 시도할 것이다.

그때마다 그에게 보복의 칼날을 들이댄다면 다른 문신들이 폭정이라고 황제를 비난할 것이 분명했다.

대륙이 일통되기 전에는 이런 공포정치가 먹혀들었지만, 더 이상은 그런 공포정치가 무의미해진 시대가 온 것이다.

대륙정복전의 의미가 세계 평화인 만큼 무인보다는 문인의 치세가 점점 더 거세질 것이라는 소리였다.

그의 복잡한 심경을 아주 잘 아는 피란츠 역시 걱정이 큰 모양이었다.

"우리가 과연 끝까지 살아남을 수 있을까요?"

"후후, 어차피 전장에 나온 장수는 목숨을 버리는 것이라고 배우지 않았나?"

"그건 그렇습니다만, 3만의 전쟁 영웅도 그렇게 생각할지 모르겠습니다."

이 세상의 그 어떤 생물도 죽음을 달가워하지 않는다.

게다가 자신들의 업적이 물거품처럼 사라져 역당으로 몰려 죽는 것은 딱 질색일 것이다.

피란츠는 자신의 목숨이 사라지는 것쯤은 큰 걱정이 되지 않았지만, 그를 따르던 병사들이 죽어나가는 것은 원치 않았다.

그러나 카미엘 역시 그런 그의 걱정에 대한 확답을 줄 수는 없었다.

"세상은 흘러가는 대로 따라야 할 때가 있어. 우리는 그 흐름에 몸을 맡길 뿐이라네."

"예, 각하."

더 이상 두 사람은 목숨에 대한 탁상공론을 그만두기로 했다.

*　　　*　　　*

일주일 후, 순항에 순항을 거듭한 카미엘의 마도병단은 드디어 대운하에 도달할 수 있었다.

이곳은 거의 대부분의 마도병기가 태어나고 자란 곳이기 때문에 그들은 이곳의 속속들이 구석까지 다 알고 있었다.

그런 그들이 보기에 대운하의 임시 봉쇄는 상당히 이례적인 일이었고, 도저히 상식적으로 이해할 수 없는 일이었다.

아무리 악명 높은 해적이라고 해도 제국군 함대와 맞붙는

다면 뼈도 못 추릴 것이 분명했다.

　그럼에도 불구하고 제국의 심장이라고 할 수 있는 대운하를 봉쇄한다는 것은 어딘가 모르게 앞뒤가 맞지 않았다.

　마도병단은 이것은 분명 재상 한트가 벌인 계략이며 반역을 위한 발판 마련이라고 생각했다.

　안 그래도 카미엘 암살 사건으로 인해 잔뜩 약이 올라 있던 마도병단은 한트를 쳐 죽이자고 소리쳤다.

　그러나 카미엘은 제국의 평화를 우선적으로 생각해야 하는 사람이었다.

　그는 아직은 한트를 몰아낼 때가 아니라며 병사들을 다독였다.

　마도병단을 이끌고 대운하 봉쇄 지역으로 향하는 길, 카미엘이 부관인 피란츠에게 물었다.

　"병사들은 좀 어떤가?"

　"역도를 몰아내기 위해 죽음을 불사할 것이랍니다."

　"역시……."

　그들은 명예로운 승전의 병사들이다. 당연히 제국에 반역하는 일당을 몰살시키는 것이 옳다고 생각했다.

　잠시 후, 드디어 화수의 병사들은 9군과 대치 중인 2만 병력과 조우했다.

그곳에는 지금 전운이 감돌고 있었으며, 어지간한 1개 중소 왕국의 전투와 맞먹는 규모의 대립이 이뤄지고 있었다.

필립과 제롬은 카미엘이 서 있는 곳까지 한달음에 달려가 부복했다.

척!

"총사령관님을 뵙습니다!"

"일어나시오."

그는 지금 전황이 어떤지 물었다.

"저놈들이 뭐라고 하던가?"

"소장에게 이런 것을 전달해 주었습니다."

카미엘은 적장이 보내준 전서를 읽었고, 그야말로 얼토당토않다는 듯이 웃었다.

"죽고 싶으면 직접 말로 하면 될 것을."

"그러게 말입니다."

하지만 가만히 전서를 읽어보던 카미엘은 이내 고개를 가로저었다.

"으음, 그런데 말이오. 뭔가 좀 이상하지 않소?"

"저희도 같은 생각을 하던 찰나입니다. 정신이 나가지 않고서야 저런 말도 안 되는 소리를 지껄일 리가 없지 않습니까?"

"아니, 그런 것이 아니요. 만약 저들이 진짜 운하의 운영권을 원했다면 어째서 우리가 도착하기 전에 9군을 박살 내지 않았냐는 것이오."

"그건 그렇군요."

"생각해 보면 운하는 제국의 심장이라 조금만 타격을 입어도 상상을 초월하는 마이너스 효과가 발휘되오. 그렇다면 최소한 목숨을 걸고 담당 영지를 습격하거나 강습을 진행했어야 정상이라는 말이지."

"으음……."

"아무래도 저놈들은 일부러 우리를 이곳까지 끌어들인 것 같소이다."

배후에 한트가 숨어 있다는 것은 정확하지 않았지만, 이 운하를 봉쇄한 사람은 분명 한트였다.

그렇다는 것은 그의 입김이 어느 정도 작용했다는 소리다.

"도대체 무슨 꿍꿍이를……."

바로 그때였다.

쿵쿵쿵쿵!

"각하! 지금 적들이 진군을 준비하고 있습니다!"

"진군? 이제야?"

"예, 그렇습니다!"

2만의 일반 병사들은 카미엘의 마도병단과 함께 싸우면 단 10분도 버티지 못하고 죽어버릴 것이다.

1대 10의 싸움에서도 아주 손쉽게 승리하는 마도병단은 자그마치 50만의 병력과 맞먹는 전력이다.

그럼에도 불구하고 지금까지 기다렸다가 보란 듯이 돌격을 준비하다니, 뭔가 말이 되지 않았다.

"흠……."

"각하! 명령을 내려주십시오!"

카미엘은 전투 대신 방어를 선택했다.

"선공은 취하지 않고 방어를 준비하라."

"그렇다면……."

"마도병단!"

촤락!

"방어진 준비!"

"충!"

고도로 훈련된 3만의 마도병단은 마나 합금 강판으로 만든 50kg의 초대형 방패를 들고 방어진을 펼쳤다.

이들의 방어진은 경기병의 돌격으로도 뚫리지 않으며, 심지어는 일반 중기병과 맞붙어도 절대 밀리지 않을 정도이다.

일반 경보병의 공격은 아예 통하지도 않을 것이다.

피란츠는 방어진 일선에 서서 병사들을 지휘했다.

"제1진, 방어 준비!"

"충, 충, 충!"

맹렬한 기세와 드높은 사기.

이들이 대륙을 일통한 것은 바로 압도적인 무위에서 나오는 자신감이었다.

이들은 지금 이것을 치열한 전투로 인식하면서부터 마치 자로 잰 듯한 도열을 보여주고 있었다.

이렇게까지 고도로 훈련한 이들은 전부 무인으로서의 자부심을 가지고 있었다.

그러니 단 1㎜의 실수도 있을 수가 없었다.

두구두구두구두구!

"와아아아아아!"

적의 함성이 울려 퍼지자 마도병단은 일제히 등에서 재벌린을 꺼내 들었다.

척!

"투창 준비!"

촤라라락!

"발사!"

약 20개가 한 통에 들어 있던 재벌린이 일제히 전방으로 투창되었다.

퍽퍽퍽퍽!

"크헉!"

무려 한 방에 세 명이나 되는 사람의 몸을 관통시키는 재벌

린의 힘은 그야말로 공포 그 자체였다.

실제로 마도병단의 전투를 처음 보는 일반 9군 병사들은 입을 떡 벌렸다.

"이, 이게 바로……!"

대륙을 일통한 원동력, 그들의 전투는 일반 병사들이 생각하는 것을 완벽하게 뒤집어 버릴 정도였다.

압도적인 전투, 9군의 병사들은 오늘 전투가 상당히 싱겁게 끝날 것이라고 확신했다.

하지만 그 누구도 예상치 못한 반전은 적진에서부터 일어났다.

화르르르륵!

몸에 파란색 불꽃이 넘실거리는 마법사들이 미친 듯이 돌진해 오고 있다.

순간 카미엘은 저들의 정체가 무엇인지 단박에 간파해 냈다.

"이런 젠장! 9군 병사들은 어서 마도병단 뒤로 몸을 숨겨라!"

"무, 무슨 일이십니까?"

"마나폭풍이다! 마나폭풍이 불어 일반인은 모두 다 죽을 것이다!"

카미엘은 마도병기들을 만들어내던 과정에서 마나가 폭주하여 사람이 불에 타 죽는 일을 겪은 적이 있다.

그때, 마나폭풍이라는 현상을 처음 발견했다.

마나폭풍은 한 사람의 마나가 폭주하면서 반경 10㎞ 내의 모든 사람을 흔적도 없이 사라지게 만들 정도로 강력한 살상력을 가진다.

하지만 그 마나폭풍은 마나코어를 강력하게 만들어주는 효과가 있기 때문에 오히려 마도병단을 단련시키는 응용 기기로 사용되곤 했다.

만약 한 마법사가 작정하고 마나폭풍을 일으키고자 마음먹는다면 전방 10㎞가 문제가 아니라 30㎞ 내의 모든 인간이 흔적도 없이 사라지고 말 것이다.

또한 마나를 지니고 있지 않은 일반적인 물체가 다 허물어지기 때문에 운하의 일부분이 막히는 현상이 벌어질 수도 있었다.

"제기랄! 이런 것을 노린 것이었나?!"

저들은 9군을 비롯한 자신들의 병사를 모조리 불태워 버리고 운하까지 무너뜨릴 생각인 것이다.

만약 그것을 카미엘과 마도병단이 저질렀다고 덮어씌우게 되면 문신들은 다시 한 번 마도병단에 대한 공포감 조성에 성공하게 된다.

어쩌면 카미엘은 처음부터 일이 이렇게 꼬일 줄 미리 알고 있었는지도 모른다.

그는 언제까지나 자신이 불을 매달고 달리는 화차처럼 멈추지 않고 달릴 수 있을 것이라고 생각하지 않았던 것이다.

카미엘의 노력에도 불구하고 대운하는 마나폭풍과 함께 흔적도 없이 사라지고 말았다.

"으아아아아아악!!"

콰앙!

푸른색 마나가 돔형의 폭원을 만들어냈고, 30㎞ 안에 남아 있던 모든 생명체는 흔적도 없이 사라지고 말았다.

*　　　*　　　*

일주일 후, 카미엘은 재상 한트의 고발로 군사 법정에 섰다. 그의 죄명은 민간인 학살과 대운하 폭발 등이었고, 법정의 재판관은 황제 레비로스였다.

제국의 군사 법정은 원래 총사령관인 카미엘이 재판관으로 참여하도록 되어 있지만, 오늘은 그가 피고이기 때문에 황제가 대신 재판관으로 참여한 것이다.

군사 법정이 이뤄지는 제국군 사령부.

원래 이곳은 카미엘이 군사들을 양성하고 집무를 처리하는 곳이다.

때문에 수많은 군사들의 눈총이 쏟아지고 있었지만 군사

재판은 황명으로 집행되었다.

　무려 50만에 육박하는 병력과 3만의 마도병단, 그리고 수 많은 장수들과 기사단은 모두 카미엘의 편이었다.

　하지만 재상 한트는 전혀 위축됨이 없는 표정으로 검은색 제복을 입은 카미엘에게 다가가 심문을 시작했다.

　"죄인 카미엘은 민간인을 학살하고 마나폭풍을 일으켜 대 운하를 소실시켰소. 사실이오?"

　"그건……."

　순간 죄인이라는 단어에 피린츠가 발끈하여 소리쳤다.

　"죄인이라니! 지금 죄인이라는 단어가 가당키나 하단 말이 오?!"

　"옳소! 아직 혐의도 다 밝혀지지 않은 마당에 죄인이라니, 정신이 있는 것인가?!"

　웅성웅성!

　50만 병사의 웅성거림은 장내를 서서히 잠식해 나갔고, 카 미엘은 아주 조용한 목소리로 말했다.

　"조용, 정숙하라."

　시끄럽던 법정은 카미엘의 단 한마디에 의해 아주 쥐 죽은 듯이 조용해졌다.

　"……."

　"계속하시오, 재상."

"크, 크흠!"

아무리 강심장이라고 해도 50만의 병력이 오로지 한 사람을 바라보고 있는데 감히 입을 잘못 놀리기란 쉽지가 않을 것이다.

처음엔 기세등등하던 한트도 다소 위축된 듯한 어투로 다시 말문을 열었다.

"좋소, 피고 카미엘 질리온 나르셀리언 폰 피올리안바토르스는 본 법정에 민간인 학살 혐의로 피소되었소. 이에 대해 인정하시오?"

"전쟁에서의 학살이라면 인정하겠소."

"흠, 그렇다면 본인이 전쟁에서 학살을 자행했다는 것에 대해 인정한다는 뜻이오?"

"그렇소."

이윽고 한트는 고개를 돌려 재판장인 황제 레비로스를 바라보며 말했다.

"위대하신 재판장님, 이자는 전쟁에서 수많은 민간인을 학살한 전범입니다. 이번 대운하에서 마나폭풍을 일으켜 수많은 사람을 학살하기에 충분한 잔혹성을 가지고 있다는 소리입니다."

"그에 대한 근거는 있소?"

"본디 마나폭풍이란 마도병단을 단련시키기 위한 수단으

로 사용되어 왔습니다. 하지만 인간이 직접 자폭하는 것보다 훨씬 더 효과적인 방법은 없습니다. 고로 그는 세 명의 마법사를 희생시켜 민간인과 함께 자폭시킨 겁니다."

황제 레비로스는 마도병단을 조직한 장본인이며 마나코어의 개발자인 카미엘에게 고개를 돌렸다.

"피고, 마도병단이 마나폭풍으로 강력해진다는 것이 사실이오?"

"…그렇습니다."

"그렇다면 그 점을 악용하여 학살을 자행한 것이 맞소?"

"아닙니다."

"결백을 증명할 수 있는 증거를 갖고 있소?"

"…없습니다. 다만 저와 함께 있던 부관들과 마도병단이 증인입니다."

바로 그때 한트가 손을 들었다.

"이의 있습니다! 마도병단을 고강하게 단련시키기 위한 범죄입니다. 그들을 증인으로 신청할 수는 없습니다."

순간, 그의 궤변에 항의라도 하는 듯 50만 병사가 미친 듯이 소리를 질러댄다.

"이런 미친놈 같으니!"

"저놈을 재상에서 끌어내자!"

"죽어라! 죽어라! 죽어라!"

군부의 심장인 카미엘을 모함했다는 것은 제국군의 얼굴에 먹칠을 한 것과 다름이 없었다.

그 탓에 잔뜩 흥분한 병사들은 한트를 죽이라고 소리쳤고, 카미엘은 가만히 앉아 그의 얼굴을 바라보고 있었다.

약 5분 후, 창백해진 얼굴의 한트를 보다 못한 레비로스가 손을 들어 정숙할 것을 명령했다.

"정숙하라!"

쾅쾅쾅!

그러자 이내 50만의 병사가 서서히 입을 닫기 시작했다.

깊은 고뇌에 빠져 있던 레비로스는 이내 판결을 내리기에 이르렀다.

"판결하겠소. 피고 카미엘 질리온 나르셀리언 폰 피올리안 바토르스에 대한 피소는 기각하겠소. 원고 한트 바트리니 폰 카르키시네스는 법정에서 패소하였음을 알리는 바이오."

"와아아아아아!"

결국 레비로스는 병사들의 사기를 한곳으로 뭉치는 선택을 했고, 카미엘은 법정에서 무사히 빠져나올 수 있었다.

*　　　*　　　*

카미엘에 대한 재판이 끝난 후, 한트는 자신이 겪은 일에 대한 소문을 퍼뜨리기 시작했다.

50만의 병사가 오로지 한 사람을 옹호한 것, 그리고 그들이 자신을 죽일 뻔했다는 것까지 아주 상세하게 퍼뜨렸다.

발 없는 말이 천 리를 간다고 했던가?

카미엘에 대한 소문은 입에서 입을 거쳐 폭군의 이미지, 혹은 악랄한 독재 군정으로 부풀려졌다.

그 소문은 눈덩이처럼 불어나 주변 제후국을 통하여 대륙 전역으로 퍼져 나갔다.

제후국의 왕들은 황제 레비로스에게 공정한 재판을 위한 재기소를 요청했고, 그는 그것을 50회가량 기각시켰다.

하지만 그 상소문은 끊이지 않고 레비로스를 괴롭히고 있었다.

"폐하, 엔트리나 왕국에서 상소문이 도착했사옵니다!"

"젠장……."

레비로스는 지끈거리는 머리를 부여잡은 채 상소문을 불태워 버렸다.

화륵!

"다시는 이런 상소문을 짐에게 가져오지 마라! 알겠느냐?"

"하오나……."

"황명이다!"

"예, 폐하!"

이제는 아예 상소문을 받지 않기로 한 레비로스는 가만히 눈을 감았다.

그러곤 피곤하다는 듯이 고개를 뒤로 젖힌 후 잠시 옅은 잠을 청했다.

"후우⋯⋯."

바로 그때였다.

쿵쿵쿵!

"무슨 일이더냐?"

"폐하, 근위대장이옵니다!"

"근위대장?"

잠에서 깨어난 레비로스는 자신을 급하게 찾는 근위대장에게로 고개를 돌렸다.

"무슨 일이냐?"

"자, 잠시 밖으로 나와 보셔야 할 것 같사옵니다! 학자들과 관리들이⋯⋯."

"학자들?"

잠시 후, 근위대장을 따라 궁전 앞뜰로 나온 레비로스는 끝도 없이 늘어선 학자들과 관리들의 행렬에 눈살을 찌푸렸다.

그가 잠시 머뭇거리는 사이, 학자들과 관리들이 그를 향해 한목소리로 외치기 시작했다.

"폐하, 전범 카미엘을 처단하여 주시옵소서!"

"처단하여 주시옵소서!"

순간, 레비로스는 고개를 돌려 근위대장을 바라보았다.

"어떻게 된 일이냐?!"

"그것이… 카미엘 공작에 대한 반감이 서서히 높아져 제후국의 학자들과 관리들이 모두 다 들고일어난 것으로 알고 있사옵니다."

"저들의 숫자는 얼마나 되느냐?"

"…약 150만 정도로 추산되옵니다."

"뭐, 뭐라?!"

군벌이 카미엘을 지지하고 있을 때 문벌들은 차근차근 세력을 응집시켜 한트에게 힘을 실어주고 있었던 것이다.

제국군의 군벌은 오로지 토종, 그러니까 카미엘이 직접 양성한 순혈 나르서스 제국의 핏줄뿐이다.

하지만 한트를 따르는 문벌들의 경우엔 국가와 혈통을 따지지 않고 대륙 전역에 걸쳐져 있었다.

'이런 빌어먹을!'

레비로스는 이내 조용히 눈을 감았다.

이젠 정말로 카미엘을 내치지 않고선 제국이 유지되지 않을 정도가 된 것이다.

'…친구여, 미안하이.'

그는 입술을 짓깨물었다.

       *   *   *

늦은 밤, 루야나드 대륙을 적시는 장맛비가 내리고 있다.

쏴아아아아아!

하지만 이번에 내린 비는 사람들의 예상을 훌쩍 뛰어넘을 정도로 오래도록 지속되었다.

루야나드의 장마는 평균적으로는 일주일이 넘도록 지속되지만, 지금까지 이 정도로 많은 비가 내린 적은 단 한 번도 없었다.

강물의 수위는 불과 이틀 사이에 30%가량 불어났고, 1년 치 농사는 이미 망친 지가 오래였다.

이로써 농부들은 시름하게 될 것이고, 대륙은 또다시 궁핍해질 것이 분명했다.

이런 상황을 대비하기 위하여 만들어진 것이 바로 마도학이었지만 그 중심축이던 카미엘이 사라지면서 수해는 걷잡을 수 없이 커져만 가고 있었다.

이제야 사람들은 카미엘의 죽음에 대하여 애석함과 통탄을 표현하고 있었지만, 이미 그는 이 세상에 없는 사람이었다.

끝도 없이 내리는 비를 바라보던 레비로스에게 산더미처럼 쌓인 상소문이 도착했다.

"폐하, 상소문이옵니다."

"…또 상소문이더냐?"

"송구하옵니다."

대류 전역에서 사람이 떼로 죽어나가고 있다는 소식은 벌써 귀에 못이 박히도록 들어온 레비로스다.

하지만 이것을 처리할 수 있는 인력과 기술이 부족한 판국에 그가 할 수 있는 것이라곤 구휼미를 푸는 것뿐이었다.

'이것이 진정 그대들이 원하는 평화였느냐?'

그는 자신의 영혼을 병들게 하면서까지 카미엘을 죽인 것을 뼈가 사무치게 후회하고 있었다.

만약 시간을 되돌릴 수 있다면 위대한 마도학자 카미엘을 되살리고 싶은 마음뿐이다.

'나에게 힘이 있다면……!'

바로 그때였다.

쿠구구구구국!

그의 뇌에 박혀 있던 종양이 터지면서 사방에 검은색 오오라가 피어나기 시작했다.

그리고 그 오오라는 환관의 몸을 먹어치우곤 사람의 형상으로 빚어져 레비로스의 앞에 모습을 드러냈다.

─나는 마계의 재상 라이몬드다.

"라이몬드……."

―내 그대에게 제안을 하나 하지. 카미엘을 부활시킬 수 있는 능력을 그대에게 주겠노라.

순간, 그는 심장에서부터 무언가 뜨거운 것이 끓어오르는 것을 느꼈다.

꿀꺽!

"…대가는?"

―몇 가지의 보물이다.

"그뿐인가?"

―또한 그대의 몸을 내가 취하겠다.

극한의 정신적 고통. 레비로스는 이내 그의 제안을 수락했다.

"좋다, 그대의 제안을 받아들이도록 하겠다."

―후후, 탁월한 선택이다.

이윽고 그는 레비로스의 뇌리로 다시 스며들었고, 그의 눈동자는 이내 회색으로 빛나기 시작했다.

외전 끝

ODD
LAWYER

FUSION FANTASTIC STORY

미더라 장편 소설

Devil's
Balance

괴짜 변호사
악마의 저울

『즐거운 인생』 미더라 작가의
2015년 대작!

현직 변호사, 형사, 프로파일러, 범죄심리학 전문가 자문으로
현장의 생생함을 그대로 담아낸 현대 판타지!

『괴짜 변호사 : 악마의 저울』

"제가 왜 한 번도 패소한 적이 없는 줄 아십니까?"

"……"

"저는 법으로만 싸우지 않거든요."

법의 칼날 위에서 춤추는 자들과의
치열한 공방이 펼쳐진다!

Book Publishing CHUNGEORAM

유행이 아닌 자유추구 -
WWW.chungeoram.com

박선우 장편 소설
FUSION FANTASTIC STORY

PERFECT GAME
퍼펙트 게임

고통과 좌절의 시간들을 뛰어넘어
불사조처럼 일어나 세계를 제패한 사나이의 일대기.

대한민국을 넘어 메이저리그를 평정하며
명예의 전당에 헌정된 언터처블 투수, 이강찬.

강철 같은 어깨에서 뿜어져 나오는 그의 패스트볼은
무적이었으며 야구계에 길이 남을 **신화**였다.

야구만을 사랑했던 고독한 사나이.
그의 퍼펙트게임이 이제 시작된다!

Book Publishing CHUNGEORAM

유행이 아닌 자유추구 -
WWW.chungeoram.com

가프 장편 소설

관상왕의
1번룸

FUSION FANTASTIC STORY

거대한 도시의 그늘에서 벌어지는
짜릿하고 통쾌한 이야기!

『관상왕의 1번룸』

텐프로의 진상 처리 담당, 홍 부장.
절망적인 삶의 끝에서 만난 남국의 바다는
그를 새로운 인생으로 인도하는데……

쾌락을 원하는 거부, 성공에 목마른 사업가,
그리고 실패로 절망한 사람들이여.

여기, 관상왕의 1번룸으로 오라!

Book Publishing CHUNGEORAM

유행이 아닌 자유추구 -
WWW.chungeoram.com

박선우 장편 소설
FUSION FANTASTIC STORY

PERFECT GAME

퍼펙트 게임

고통과 좌절의 시간들을 뛰어넘어
불사조처럼 일어나 세계를 제패한 사나이의 일대기.

대한민국을 넘어 메이저리그를 평정하며
명예의 전당에 헌정된 언터처블 투수, 이강찬.

강철 같은 어깨에서 뿜어져 나오는 그의 패스트볼은
무적이었으며 야구계에 길이 남을 **신화**였다.

야구만을 사랑했던 고독한 사나이.
그의 퍼펙트게임이 이제 시작된다!

Book Publishing CHUNGEORAM

유행이 아닌 자유추구
WWW.chungeoram.com

가프 장편 소설

관상왕의
1번룸

FUSION FANTASTIC STORY

거대한 도시의 그늘에서 벌어지는
짜릿하고 통쾌한 이야기!

『관상왕의 1번룸』

텐프로의 진상 처리 담당, 홍 부장.
절망적인 삶의 끝에서 만난 남국의 바다는
그를 새로운 인생으로 인도하는데……

쾌락을 원하는 거부, 성공에 목마른 사업가,
그리고 실패로 절망한 사람들이여.

여기, 관상왕의 1번룸으로 오라!

Book Publishing CHUNGEORAM

유행이 아닌 자유추구 -
WWW.chungeoram.com